मास्टर अंशुमान

मास्टर अंशुमान

सत्यजित राय

बांग्ला से अनुवाद
मुक्ति गोस्वामी

रेमाधव पब्लिकेशन्स

ISBN : 978-81-89850-24-1

मास्टर अंशुमान (उपन्यास)

पहला संस्करण : 2006

दूसरा संस्करण : 2023

मूल्य : ₹ 395

प्रकाशक

रेमाधव पब्लिकेशन्स प्रा. लि.

जी-17, जगतपुरी, दिल्ली-110 051

शाखाएँ : अशोक राजपथ, साइंस कॉलेज के सामने, पटना-800 006

पहली मंजिल, दरबारी बिल्डिंग, महात्मा गांधी मार्ग, प्रयागराज-211 001

वेबसाइट : www.remadhav.com

ई-मेल : contact@remadhav.com

मुद्रक

बी.के. ऑफसेट

नवीन शाहदरा, दिल्ली-110 032

MASTER ANSHUMAAN

Novel by Satyajit Ray

Translated by Mukti Goswami

अनुक्रम

मास्टर अंशुमान

एक

उस सुबह की बात मैं कभी नहीं भूल पाऊँगा। वह रविवार की सुबह थी। लगातार तीन दिनों की बारिश के बाद उस दिन अच्छी धूप खिली थी। मैं गणित का एक सवाल हल करके अपनी कापी बन्द कर रहा था, उसी वक्त बिशुदा आए थे। बिशुदा उर्फ़ विश्वनाथ गांगुली मेरे ताऊ जी के बेटे हैं। बिशुदा एक कम्पनी में काम करते थे। बिशुदा ने आते ही मुझसे पूछा, "हाँ, तेरी दशहरे की छुट्टी कब से शुरू हो रही है?"

मैंने कहा, "सात अक्तूबर से। क्यों?"

"कारण तुझे साथ लेकर खिसकने के चक्कर में हूँ।"

"इसका मतलब?"

"जरा ठहर, पहले मैं चाचा जी से बात कर लूँ।"

पिता जी बगल के कमरे में अखबार पढ़ रहे थे। बिशुदा सीधे उनके सामने जाकर खड़े हो गए। मैं भी उनके पीछे-पीछे था। पिता जी ने अखबार से आँख हटाकर पूछा, "हाँ बिशु, क्या बात है? आज सुबह-सुबह आ गया?"

बिशुदा का जवाब सुनते ही मेरी धड़कन तेज हो गई थी। बिशुदा ने कहा, "आपसे एक जरूरी बात करने आया हूँ। हमारे डायरेक्टर सुशील मित्र जी एक फिल्म बना रहे हैं। फिल्म की अधिकतर शूटिंग बाहर अजमेर में होगी। उसमें एक बारह वर्ष के लड़के का चरित्र है। बहुत अच्छा चरित्र। लगभग बीस दिनों का काम है। मैं सोचता हूँ अंशु उस चरित्र के लिए एकदम उपयुक्त रहेगा। अब अगर आप..."

पिता जी ने कहा था—"अकेले मेरी ही क्यों, मेरे बेटे की अपनी भी कोई इच्छा हो सकती है।"

पिता जी ने यह बात व्यंग्य से कही थी। यह मैं जानता था, लेकिन इतना समझ गया था, उनको बहुत आपत्ति नहीं है। अभिनय करना पिता जी को बहुत पसन्द था, यह मैं जानता था। मुझे तेज आवाज में खुले गले से कविता-पाठ करना पिता जी ने ही सिखाया था। मुझे स्कूल में कविता-पाठ करके इनाम मिलने पर वे ही सबसे ज्यादा खुश होते थे।

"स्कूल में नागा तो नहीं होगा?" पिता जी ने पूछा था।

बिशुदा ने कहा था—"अगर होगा भी तो दो-चार दिनों का ही होगा। दशहरे की छुट्टियों में ही दो-तिहाई से ज्यादा काम पूरा हो जाएगा। उसके बाद शायद चार-पाँच दिनों का काम रह जाएगा। जो कोलकाता के स्टूडियो में होगा, अंशु तो पढ़ने में तेज है, दो-चार दिनों का नागा होने पर उसे ज्यादा फर्क नहीं पड़ेगा।"

"अंशु की बात कर रहा है—क्या वह कर पाएगा?"

"जरूर कर लेगा," बिशुदा बोले, "लेकिन मेरे कहने से तो नहीं

चलेगा। कल सुशील बाबू को साथ लेकर आता हूँ—सुशील मित्र—हम लोगों के डायरेक्टर। लेकिन उनकी पसन्द मैं जानता हूँ। मैं निश्चित हूँ वह अंशु को पसन्द करेंगे। यह चरित्र भी बहुत अच्छा है। लड़के को केन्द्र करके ही सारी घटनाएँ घटती हैं। उसे उसकी भूमिका का डायलॉग पहले ही मिल जाएगा, आप उसे याद करवा दीजिएगा। उसे किसी प्रकार की परेशानी नहीं होगी। काम के बहाने वह नई जगह भी घूम लेगा, यह क्या कम है। क्या अंशु मेरे साथ चलने में तुझे कोई आपत्ति तो नहीं है? तेरे माता-पिता वहाँ साथ नहीं रहेंगे।"

मैंने अपना सिर हिलाकर कहा, "मुझे कोई आपत्ति नहीं है।" मेरे गले से आवाज नहीं निकल रही थी। मेरी धड़कनें तेज हो गई थीं।

बिशुदा की बदौलत मैं स्टूडियो में जाकर शूटिंग देख चुका हूँ। वहाँ किस तरह की घटनाएँ घटती हैं, इसे मैं जानता हूँ। वह देखते-देखते कभी-कभी मुझे लगता था, मैं भी ऐसा कर सकता हूँ। किसी के सामने मैं घबराऊँगा नहीं, गलती के कारण एक ही शॉट कभी भी बार-बार नहीं लेना पड़ेगा। हाँ, यह कितना सच था, यह मैं उस वक्त तक नहीं जानता था।

बिशुदा ने फिर कहा था—"तुझे चिन्ता करने की कोई जरूरत नहीं। यह काम करने में तुझे कोई परेशानी नहीं होगी। फिल्म पूरी होने के बाद सिनेमा हाल में प्रदर्शित होते ही तेरी कितनी चर्चा होगी, तू देखना। यहाँ तक कि श्रेष्ठ बाल अभिनेता का पुरस्कार भी मिल सकता है मास्टर अंशुमान गांगुली को।"

दूसरे दिन डायरेक्टर सुशील बाबू मुझे देखने आए थे। सज्जन गम्भीर मिजाज के होने के बावजूद गुस्सैल नहीं लग रहे थे। उनके कहने पर मैंने 'पुरातन मृत्यु' नामक कविता लयबद्ध ढंग से सुना दी। कविता-पाठ करके उन्हें सुनाया था। मुझे लग रहा था उससे वे प्रसन्न हुए थे।

"लेकिन दो-चार दिनों में तुम्हारा एक कैमरा टेस्ट लेना होगा।" सुशील बाबू ने कहा था, "उसकी सूचना बिशु तुम्हें दे देगा। दो-चार पंक्तियों

का डायलॉग तुम्हें भेज दूँगा। तुम उसे याद कर लेना।"

सुशील बाबू के चले जाने के बाद पिता जी ने कहा था, "देखो बेटा, यह भी एक तरह का इम्तिहान है। तुम स्कूल के इम्तिहान में अच्छा करते ही हो, इसमें भी अच्छा प्रदर्शन करना होगा। स्कूल में जैसे तुम्हारे शिक्षक होते हैं, उसी तरह यहाँ डायरेक्टर तुम्हारे शिक्षक होंगे। स्कूल में जिस तरह अपनी पढ़ाई याद करते हो, उसी तरह अपना डायलॉग याद करना पड़ेगा।"

मुझे डर था कि शायद माँ आपत्ति करेंगी, लेकिन वह भी एक बार में ही राजी हो गई थीं। बेटा करीब एक महीने तक उनसे दूर रहेगा, यह सोचकर वे थोड़ी हिचकिचा रही थीं, लेकिन मेरे माता-पिता दोनों बिशुदा से इतना प्यार करते थे कि उन पर मेरी जिम्मेदारी सौंपकर वे निश्चिन्त थे।

मुझे वह भूमिका मिल गई थी। कैमरा टेस्ट केवल नाम के लिए था। यह तो मैं समझ गया था, जब दो दिन बाद बिशुदा फिर एक दर्जी को साथ लेकर मेरे कपड़ों का नाप लेने आए थे। मुझे कुर्ता और चूड़ीदार पायजामा पहनना होगा—राजस्थानियों की तरह। लेकिन केवल पोशाक ही नहीं, मुझे दो भूमिकाएँ निभानी थीं—एक राजा भरत सिंह के पुत्र अमृत सिंह का चरित्र, दूसरा गरीब स्कूल शिक्षक गोपीनाथ के पुत्र मोहन का चरित्र। दोनों एक ही उम्र के थे। देखने में भी एक जैसे थे। पुष्कर के मेले में दोनों का परिचय हुआ था। एक साथ एक चेहरे के दो लड़कों को पर्दे पर दिखाने के लिए कैमरे के करिश्मा को दिखाना था। दो नए दोस्त मेले से दूर किसी शान्त सुनसान जगह पर खेलने के लिए जाएँगे। वहाँ दोनों मजा करने के लिए आपस में कपड़े बदलेंगे और तीन गुंडे राजपुत्र समझकर मोहन का अपहरण कर लेंगे। उनका इरादा उनके बेटे को मुक्त करने के बदले राजा से मोटी रकम वसूल करना था। इधर अमृत ने मोहन के कपड़े पहनकर अपने घर पहुँचकर अपने माता-पिता को पूरी घटना बता दी। बेटे के सकुशल लौट आने से उसके माता-पिता चिन्तामुक्त हुए थे। लेकिन अमृत

ने जोर देकर कहा था कि उसके मित्र को मुक्त न करवाने तक वह किसी से बात नहीं करेगा। आखिरकार कहानी के नायक युवा पुलिस इंस्पेक्टर सूर्यकान्त राठौर अपनी जान पर खेलकर मोटरसाइकिल पर सवार होकर गुंडों के चंगुल से मोहन को मुक्त करा लाएँगे।

पूरी कहानी जानकर और दोनों भूमिकाओं को पढ़कर मेरा उत्साह दो गुना बढ़ गया। साथ ही मेरे दिमाग में तरह-तरह के सवाल पैदा हो रहे थे, खासकर बेहद साहसी सूर्यकान्त की भूमिका कौन निभाएगा, इसे जानने का कुतूहल मुझमें था। बिशुदा ने बताया था, उस भूमिका में शंकर मल्लिक नाम का एक नया लड़का अभिनय करेगा। वह बहुत खूबसूरत और स्मार्ट लड़का है। मैंने पूछा था, "लेकिन क्या वह मोटरसाइकिल चलाना जानता है?"

बिशुदा ने हँसते हुए कहा था, "जानता जरूर है लेकिन स्टंट के लिए पेशेवर, स्टंटमैन मुम्बई से आएगा।"

"स्टंटमैन? वह कैसा होता है?"

"समय आने पर देखना।" बिशुदा बोले थे।

पाँच अक्टूबर को हमारी शूटिंग की टीम अजमेर के लिए रवाना हो गई थी। हावड़ा से दिल्ली, दिल्ली से बाँदीकुई, बाँदीकुई से अजमेर जाना था। मतलब दो बार गाड़ी बदलनी होगी। पाँच तारीख की शाम को रवाना होकर सात तारीख की रात में पहुँचना था। पहले से गाड़ी का कमरा आरक्षित था। गाड़ी में सबके साथ मेरा परिचय हो गया था। हम आठ अभिनेता जा रहे थे। शुरू से ही इन सबकी शूटिंग थी। बाकी सब धीरे-धीरे पहुँच जाएँगे। अमृत सिंह के माता-पिता यानी राजा-रानी की भूमिका में पुलकेश बैनर्जी और ममता सेन अभिनय कर रहे थे। इन्स्पेक्टर सूर्यकान्त की भूमिका में शंकर मल्लिक थे। इसके अलावा गुंडों के सरदार छगनलाल की भूमिका में अभिनय कर रहे थे जगन्नाथ दे। वे बांग्ला फिल्म के बहुचर्चित खलनायक थे। उनको

सब जोगू उस्ताद कहते थे। इन अभिनेताओं के अलावा डायरेक्टर सुशील बाबू, साउण्ड रेकार्डिस्ट उज्ज्वल प्रामाणिक, कैमरामैन धीरेश बोस, कहानीकार सुकान्त गुप्त, मेकअपमैन सजल सरकार तथा आठ अभिनेता और थे और सबसे पीछे बिशुदा थे। इनमें से चौदह लोग गाड़ी छूटने से पहले ही दो गुटों में बँटकर दो कमरों में ताश खेलना शुरू कर चुके थे। सात लोग रमी खेल रहे थे और सात लोग फ्लाश खेल रहे थे। मैं रमी खेलना जानता था। इसलिए उसी कमरे में अधिकांश समय बिता रहा था। बिशुदा भी रमी के गुट में शामिल हो गए थे। जो लोग ताश नहीं खेल रहे थे, उनमें थे डायरेक्टर सुशील बाबू और कहानी के लेखक सुकान्त गुप्त। वे दोनों फिल्म पर चर्चा कर रहे थे। राजा-रानी की भूमिका में अभिनय करनेवाले पुलक बैनर्जी एवं ममता सेन भी ताश के बजाय पत्रिका पढ़ने में व्यस्त थे।

मुझे मेरा डायलॉग बिशुदा ने कोलकाता में ही दे दिया था। उसे एक बार मेरे पिता जी ने मुझे पढ़कर सुना दिया था। उससे मैं कुछ हद तक समझ गया था, मुझे किस तरह से अभिनय करना होगा। डायलॉग लम्बा नहीं था इसलिए उसे याद करने में अधिक परेशानी नहीं होनी थी। आने से दो दिन पहले कोलकाता के स्टूडियो में मेरा टेस्ट भी ले लिया गया था। उसमें मुझे राजस्थानी कपड़ा पहनकर शंकर मल्लिक के साथ कैमरे के सामने एक छोटे दृश्य का अभिनय करना पड़ा था। अभिनय जरूर अच्छा हुआ था, नहीं तो सुशील बाबू मेरी पीठ थपथपाकर दोबारा एक्सीलेण्ट क्यों कहते। और उसके बाद से देख रहा था सुशील बाबू की जब भी नजर मिलती, वे हँस देते थे।

बर्द्धमान में मैं थालीवाला डिनर लेने के बाद एक अपर बर्थ पर अपना बिस्तर बिछाकर लेट गया था। ममता सेन मेरे डिब्बे में थीं। वे बोलीं, "अब से तुम मुझे ममता मासी कहना। ठीक है न! और किसी चीज की जरूरत हो तो मुझे बताना।"

मैं आँखें बन्द करके करवट बदलकर सोच रहा था आनेवाले एक महीने में न जाने क्या-क्या होने जा रहा है। बिशुदा थे इसलिए माँ और पिता जी की गैर मौजूदगी खल नहीं रही थी। एक बार मैं कलिम्पोंग गया था अपने ममेरे भाई-बहनों के साथ। उस बार भी मेरे माता-पिता साथ नहीं थे। लेकिन मुझे कोई परेशानी नहीं हुई थी। मैं जानता था इस बार भी नहीं होगी। व्यस्तता में एक महीना देखते-देखते बीत जाएगा।

यही सोचते-सोचते कब सो गया था, मुझे पता ही नहीं चला।

दो

मेरे पिता कॉलेज में इतिहास पढ़ाते थे। उन्होंने ही मुझे बताया था कि अजमेर शहर को अकबर ने मारवाड़ के राजा मालदेव से सोलहवीं सदी में जीता था। उन्नीसवीं सदी में अजमेर अंग्रेजों के अधीन चला गया था। पुष्कर अजमेर से ग्यारह किलोमीटर दूर पश्चिम में है, यह हिन्दुओं का एक बड़ा तीर्थस्थल है। वहाँ एक तालाब है। हर साल कार्तिक के महीने में उसके चारों तरफ एक मेला लगता है। उसमें लाख से अधिक लोग आते हैं। हम लोगों की फिल्म में हालाँकि अजमेर एक काल्पनिक शहर हिण्डोलगढ़ है। फिल्म का नाम भी हिण्डोलगढ़ है। पुष्कर का नाम पुष्कर ही रहना था। और उसी पुष्कर के मेले में स्कूल शिक्षक के बेटे मोहन से राजकुमार अमृत सिंह का परिचय होता है।

देर रात अजमेर पहुँचकर हम सब सीधे सर्किट हाउस चले गए थे। हमें तीन हफ्ते वहीं रहना था। सर्किट हाउस काफी बड़ा था। उसके पहले तल पर उत्तर और पश्चिम में दो चौड़े बरामदे थे। उस बरामदे पर खड़े होने से उत्तर में विशाल आना सागर लेक और पश्चिम में पहाड़ दिखाई पड़ता था। हालाँकि रात में देखने लायक कुछ नहीं था। लेकिन समझ गया था, हम लोग एक विचित्र जगह विचित्र बँगले में पहुँच गए हैं। आसमान की एक-तिहाई चाँदनी हल्के कोहरे से ढँकी झील के पानी में प्रतिबिम्बित होकर बहुत सुन्दर लग रही थी। दूर शहर में कहीं ढोलक बजाकर गाना हो रहा था। अन्य कोई शोर नहीं था।

मैं बरामदे में रेलिंग पकड़कर खड़ा था। बिशुदा आकर बोले, "चल, तेरा कमरा तय हो गया है। ममता दी भी उसी कमरे में सोएँगी, तुझे कोई डर नहीं है।"

मुझे वैसे भी डर नहीं लग रहा था। हम इतने लोग एक साथ रहेंगे, इसमें डरने की क्या बात है?

"आपका काम कब से शुरू होगा?" मैंने बिशुदा से पूछा।

उन्होंने कहा, "हम सब पुष्कर देखने जाएँगे। साथ ही जिस मकान को राजमहल बनाया जाएगा उसे भी। परसों से काम शुरू हो जाएगा।"

हमारी बातों के दौरान ममता मासी आकर बोलीं, "क्यों रे अंशु, माँ की याद आ रही है?"

असल में मुझे घर की जरा भी याद नहीं आ रही थी, यही बात मैंने ममता मासी से कह दी।

"ऐसा ही होना चाहिए," ममता मासी ने कहा, "मैं जब तक यहाँ हूँ, मैं ही तुम्हारी माँ हूँ, समझे? किसी प्रकार की भी परेशानी हो, मुझसे कहना।"

रात में नींद अच्छी आई थी।

सुबह जागकर बरामदे में आते ही पहली बार ठीक से झील को देखा था। झील बहुत बड़ी थी। उसके उस पार की चीजें बहुत छोटी-छोटी नजर

आ रही थीं। पानी में असंख्य बत्तख तैर रही थीं। पहाड़ बहुत ऊँचा था। लग रहा था जैसे झील के पानी से निकला था।

अण्डा, रोटी और स्वादिष्टं बड़ी-बड़ी जलेबियों से नाश्ता करके हम लोग हीरे-जवाहरात के व्यापारी का बँगला देखने के लिए निकल पड़े थे। हम लोगों में से ज्यादातर लोग सर्किट हाउस में रुक गए थे।

सिर्फ छह लोग बाहर निकले थे—मैं, बिशुदा, सुशील बाबू, सुशील बाबू के सहायक मुकुल चौधरी, कैमरामैन धीरेश बोस और कहानी के लेखक सुकान्त गुप्त। तीन हफ्ते के लिए एक बड़ी बस और दो टैक्सियाँ किराये पर ली गई थीं। उसमें से दोनों टैक्सियाँ आज ड्यूटी पर थीं। मिस्टर लोहिया के बँगले को बँगला कहना गलत होगा, उसे किला कहना उचित होगा। उसके चारों तरफ कोई नहीं था लेकिन पेड़-पौधे, तालाब, मन्दिर सब मिलाकर बहुत बड़ी जगह थी। यही किला राजमहल बनेगा और इसी परिवार का बेटा अमृतसिंह बनेगा।

सच कहूँ तो ऐसा मकान मैंने दूसरा नहीं देखा था। मकान पीले पत्थरों से बना था। वह कितना पुराना था, इसे देखकर अन्दाजा नहीं लगाया जा सकता था। अगर वह मुगलकालीन हो तो भी आश्चर्य की बात नहीं होती। बाद में मुझे पता चला कि वह मुगलकालीन ही था।

मिस्टर लोहिया की उम्र साठ साल से अधिक थी। उनके बाल पूरी तरह सफेद हो चुके थे और घनी मूँछें भी सफेद हो गई थीं। हम सबको बड़ी आवभगत करके बैठक में ले गए। उन्होंने कहा था, वे बांग्ला फिल्में ज्यादा नहीं देखते, लेकिन बंगाल एवं बंगालियों से उन्हें बहुत लगाव है। उनके एक ममेरे भाई का परिवार दो सौ वर्षों से कोलकाता में रहकर व्यवसाय कर रहा है। इन्हीं ममेरे भाई मोतीलाल चुनोरिया से हम लोगों के फिल्म प्रोड्यूसर का परिचय था। उन्होंने ही मिस्टर लोहिया को पत्र लिखकर यहाँ हम लोगों की शूटिंग की व्यवस्था कर दी थी। यहाँ एक सुविधा यह थी कि परिवार के लोगों की तुलना में कमरों की संख्या अधिक थी। उनमें से एक

दो कमरों में शूटिंग चलने से परिवार के सदस्यों के लिए किसी प्रकार की परेशानी की बात नहीं थी।

मिस्टर लोहिया ने हम लोगों को चाय और लड्डू से नाश्ता करवाया था, उसके बाद कुछ हीरे-जवाहरात निकालकर हम लोगों को दिखाए थे। अन्त में उन्होंने एक नीला पत्थर दिखाया। उसका आकार एक कबूतर के अंडे के बराबर था। उसका नाम नीलकान्तमणि था। ऐसा पत्थर बहुत कम देखने को मिलता है। उसकी कीमत जानने की बड़ी इच्छा हो रही थी। आखिरकार सुशील बाबू ने पूछ ही लिया था। जवाब में मिस्टर लोहिया ने मुस्कराकर कहा था, "इट इज प्राइसलेस।" मतलब इसके दाम की कोई सीमा नहीं है। मैंने मन ही मन सोचा, मकान के फाटक पर दो बन्दूकधारी दरबान ऐसे ही नहीं लगा रखे हैं लोहिया साहब ने। इस अकेले मकान में करोड़ों की धनसम्पत्ति है।

मि. लोहिया से विदा लेकर हम सब पुष्कर गए थे। रास्ते में एक

पर्वतमाला थी। वह लगभग एक मील लम्बी थी। दोनों तरफ ऊँचे पहाड़ों के बीच से सड़क चली गई थी। पुष्कर पहुँचने में बीस मिनट लगे थे।

शंकर मल्लिक को पढ़ने का बहुत शौक था। वे ही राजस्थानी के बारे में बहुत कुछ पढ़कर आए थे। उन्होंने ही जानकारी दी थी कि डेढ़ हजार वर्ष पहले भी पुष्कर भारतवर्ष का एक जाग्रत तीर्थस्थल था। तालाब के किनारे के मन्दिरों को औरंगजेब ने तुड़वा दिया था। उनकी जगह नए मन्दिर बनाए गए थे। उनमें सबसे प्रसिद्ध ब्रह्माजी का मन्दिर है। कहा जाता है पूरे भारतवर्ष में यही एक मन्दिर है, जहाँ ब्रह्माजी की पूजा होती है। मन्दिर के बाहर ऊपर की तरफ ब्रह्मा के वाहन बत्तख की मूर्ति है। हम लोगों में से दो लोग—सुशील बाबू और लेखक सुकान्त बाबू—मन्दिर के अन्दर जाकर प्रसाद चढ़ा आए थे।

दो दिनों के बाद ही पुष्कर का मेला आरम्भ होनेवाला था। झील के दक्षिण में सूखे मैदान पर मेले की तैयारी चल रही थी। ऊँट, गाय और घोड़े आने शुरू हो गए थे। इन तीन पशुओं का दूसरा कोई इतना बड़ा बाजार नहीं है। मेले के सामने के कुछ हिस्से में कुछ पेड़-पौधे और एक टूटी हवेली को सुशील बाबू और कैमरामैन धीरेन बोस ने अमृत और मोहन के कपड़े बदलने और उनके अपहरण के दृश्य के लिए पसन्द कर लिया था। यहीं से तीन गुंडों को अमृत की पोशाक पहने हुए मोहन को उठाकर ले जाना था। हालाँकि ये पुराने जमाने के गुंडे नहीं थे। वे मोहन को ऊँट या घोड़े की पीठ पर बैठाकर नहीं भागेंगे। उन्हें मोहन को कार में ले जाना था।

पुष्कर से लौटते-लौटते साढ़े बारह बज गए थे। हम लोगों के लिए भोजन की व्यवस्था सर्किट हाउस के भूतल पर डाइनिंग हाल में थी। एक साथ पन्द्रह लोग भोजन कर रहे थे। उनमें नायक, खलनायक सभी थे। एक जोरदार पिकनिक का माहौल था। जितने दिनों तक हम लोग अजमेर में रहेंगे, ऐसा ही माहौल रहेगा। हालाँकि काम शुरू हो जाने पर सर्किट हाउस से सम्पर्क कम रहेगा। क्योंकि पूरा दिन बाहर ही बीतना था।

भोजन करते वक्त शंकर बाबू ने मिस्टर लोहिया के हीरे-जवाहरातों की बात छेड़ी। हम लोग नीलकान्तमणि की तरह एक पत्थर देख आए थे। इसे सुनकर जो लोग नहीं गए थे, वे सभी अफसोस कर रहे थे।

भोजन करने के बाद दोपहर में कल जिस दृश्य की शूटिंग होनी थी, उसे एक बार दोहरा लिया गया था। मैं जानता था कि फिल्म की शूटिंग ठीक फिल्म की घटना के क्रम में नहीं होती है। कभी-कभी, बाद के दृश्य की शूटिंग पहले और पहले के दृश्य की शूटिंग बाद में होती है। जैसे कल जिस दृश्य की शूटिंग होनी थी, वह मेले से लौटने के बाद का दृश्य था। हालाँकि पहले दिन का काम बहुत आसान नहीं था। मैं अपनी फाइल खोलकर कल के संवाद देख रहा था। उसी समय बिशुदा आकर कह गए थे—"आज शाम को बरामदे में रिहर्सल होगा; मुझे, राजा-रानी, राजा के दीवान—सभी को वहाँ हाजिर रहना होगा।"

मैंने मन ही मन कहा, चलो शुरू हो गया काम।

इस काम के बीच में क्या-क्या घटनेवाला था, मुझे अभी इसका अन्दाजा नहीं था।

तीन

दूसरे दिन सुबह छह बजे उठना पड़ा। अकेले मुझे ही नहीं, जितने लोगों को शूटिंग में काम करना था सभी को पंचानन बेयरा ने चाय देकर जगा दिया था। ब्रेकफास्ट बाद में मिलेगा। इसी को कहते हैं बेड-टी। मुझे इसकी आदत नहीं थी, लेकिन यहाँ सबके साथ चाय पीने में बुरा नहीं लग रहा था। अक्तूबर के महीने में अजमेर में सुबह के वक्त हल्की ठंड का एहसास होता है, इसी वजह से ममता मासी ने मुझे जबरदस्ती एक पुलोवर पहना दिया था। धूप निकलने के बाद उसे उतारा जा सकता था।

कल का रिहर्सल अच्छा हुआ था। मुझे जो थोड़ी-बहुत घबराहट हो रही थी, सबके साथ मिलकर काम करने के बाद वह एकदम समाप्त हो गई थी। राजमहल में कुछ छोटे-छोटे चरित्र में अभिनय करने के लिए

स्थानीय तीन बंगालियों को लिया गया था। वे यहाँ लम्बे समय से रह रहे थे। उन्हें बिशुदा ही ढूँढ़ लाए थे। बिशुदा को हर समय चकरी की तरह चक्कर काटते रहना पड़ता था। वे लोग इसे प्रोडक्शन मैनेजर का काम कहते हैं। वे एक ऐसे व्यक्ति थे, जिन्हें क्षण भर भी आराम नहीं मिल पाता था।

आज सुबह नौ बजे से काम शुरू होना था। बीच में एक बजे एक घंटे का भोजन अवकाश, फिर दो बजे से दोबारा काम शुरू हो जाएगा। मेरा काम शाम तक पूरा हो जाना था। शाम के बाद भी काम होना था। उस समय तीन गुंडों की आवश्यकता होगी और मेरी जरूरत केवल एक शॉट में पड़ेगी। छगनलाल गुप्ता अपने दो सहयोगियों के साथ राजमहल की दीवार के बाहर धावा बोलने आया। उसका मकसद राजकुमार अमृत सिंह को लेकर भागना था। वह उसी का मौका तलाश रहा था। राजमहल के बाहर से महल की पहली मंजिल के कमरे में वे अमृत सिंह को देख लेते हैं। अमृत एक कमरे से दूसरे कमरे में खेल रहा है। छगनलाल को उसी समय वह दोबारा नजर आ जाता है, यही है पूरा दृश्य।

आज हम लोगों को तीन गाड़ियों की जरूरत थी, बस की छत पर पहले कैमरा को चलाने के लिए, रेल की पटरियों की तरह पटरियाँ रखी गईं। आठ-दस टुकड़ों को आपस में जोड़कर एक लम्बी लाइन बन जाती है। उसके ऊपर पहियेवाली गाड़ी चलती है। उसे ट्रॉली कहते हैं। उसके ऊपर कैमरा रखा जाता है, उस ट्राली को भी छत पर चढ़ाया गया था। स्टूडियो की बड़ी-बड़ी बत्तियों को भी बस की छत पर रखा गया था, दिन में भी कमरे के भीतर काम करने के लिए बाहर की रोशनी के साथ बिजली की रोशनी की भी आवश्यकता पड़ती है।

आज सुबह अभिनय के लिए मुझे छोड़कर राजा, रानी, दीवान एवं और तीन लोगों की जरूरत थी, जिन्हें कोई संवाद नहीं बोलना था। इन्हें एक्स्ट्रा कहते हैं। इन्हें अजमेर से ही लिया गया था। कल शाम को सर्किट

हाउस में एक नाटक मण्डली आई थी। वे कह गए हैं कि जरूरत पड़ने पर वे भी अपने लोग देकर सहयोग करेंगे।

सुबह साढ़े सात बजे हम लोगों की कार और बस चल पड़ी थी। मि. लोहिया के बँगले तक पहुँचने में दस मिनट का समय लगता है। बहुत समय था। लेकिन तैयारी में काफी वक्त निकल जाता है, इसे मैं एक दिन स्टूडियो में टेस्ट देकर ही जान गया था। जिन्हें राजा की भूमिका निभानी थी, वे पुलकेश बैनर्जी लगभग पन्द्रह वर्षों से फिल्म में अभिनय कर रहे थे। वे फिल्मों के साथ-साथ नाटक में भी अभिनय करते हैं। वे गाड़ी में मेरे साथ ही बैठे थे। वे बोले, "आओ मास्टर अंशुमान, हम लोग अपना-अपना किरदार एक बार दोहरा लेते हैं।" मुझे भी कोई आपत्ति नहीं थी। इसलिए गाड़ी में चलते-चलते हम लोगों ने कई बार रिहर्सल कर लिया था।

राजमहल में पहुँचकर हम सबने पहले नाश्ता कर लिया था। मिस्टर लोहिया ने पूरा भूतल हम लोगों के लिए छोड़ दिया था। उसके साथ ही शूटिंग के लिए पहली मंजिल के तीन कमरे खाली थे। उन तीन कमरों में मेज, कुर्सी, कालीन, फानूश सभी कुछ था। और फिल्म में उन्हीं सबका इस्तेमाल होना था। कमरे के लिए कोलकाता से लगभग कुछ भी नहीं लाना पड़ा था।

भूतल में जब खाना-पीना चल रहा था, उसी बीच पहली मंजिल में शूटिंग का सारा सामान पहुँच गया था। पुलकेश बाबू और ममता मासी नाश्ता पूरा करके तुरन्त भूतल के बरामदे में मेकअप करने बैठ गए थे। मुझे कोई मेकअप नहीं करना था। केवल कुछ दूसरे तरीके से बाल सँवारने थे। कुछ समय बचा था। मैं सोच रहा था क्या करूँ। उसी समय एक आवाज सुनकर मेरी नजर सामने मैदान पर चली गई थी। एक मोटरसाइकिल फटफट आवाज करते हुए मैदान पर चक्कर लगा रही थी और उसपर बिशुदा बैठे थे।

दो चक्कर लगाकर बिशुदा उसे मेरे सामने खड़ी करके बोले, "आ, पीछे बैठ, तुझे भी घुमा लाता हूँ।"

मैं जानता था कि फिल्म में मुझे सूर्यकान्त के साथ मोटरसाइकिल पर बैठना था। इसलिए मैं कैरियर पर बैठ गया था और बिशुदा ने तेज आवाज करते हुए मोटरसाइकिल चला दी थी। मैंने दोनों हाथों से बिशुदा को पकड़ रखा था। कानों के पास से सनसनाती हुई तेज हवा गुजर रही थी। मुझे बड़ा मजा आ रहा था। बिशुदा इतनी अच्छी तरह मोटरसाइकिल चलाना जानते हैं, मुझे इसकी खबर नहीं थी। वे लम्बे समय से कार चला रहे थे।

बिशुदा ने तीन चक्कर लगाकर मोटरसाइकिल को बँगले के सामने लाकर खड़ा कर दिया था। यह भी एक रिहर्सल था। मुझे लग रहा था स्टंटमैन अगर निपुण हो तो उसके पीछे बैठने में मुझे डर नहीं लगेगा।

फिल्म के एक दृश्य में था कि पुलिस इन्स्पेक्टर सूर्यकान्त मोहन को डाकुओं के चंगुल से मुक्त कराकर मोटरसाइकिल में बिठाकर भाग रहे थे और डाकू एम्बेसेडर कार से उनका पीछा कर रहे थे। उन लोगों से बचने के लिए सूर्यकान्त सीधा रास्ता छोड़कर ऊबड़-खाबड़ रास्तों पर मोटरसाइकिल चला रहे थे। मोहन ने सूर्यकान्त की कमर पकड़ रखी थी और मोटरसाइकिल बड़ी तेज गति से उछल-उछलकर ऊबड़-खाबड़ मैदान पर दौड़ रही थी। उसके बाद? वही असली दृश्य था। इसी दृश्य को देखकर दर्शक सिनेमा हाल में ताली बजानेवाले थे—मैदान से मोटरसाइकिल कच्ची सड़क पर उतर गई थी। उधर डाकुओं की गाड़ी भी उनके पीछे लगी थी। सामने अचानक चढ़ाई थी। चढ़ाई में चढ़ने से पहले सूर्यकान्त ने मोटरसाइकिल की रफ्तार बहुत बढ़ा दी थी।

इसका कारण और कुछ नहीं—सामने दस हाथ चौड़ा नाला था जिसमें तेज प्रवाह से पानी बह रहा था उस नाले को एक छलाँग में लाँघकर दूसरी तरफ ढलान में उतरना था। कहानी में सूर्यकान्त को आराम से नाला पार कर लेना था। लेकिन शूटिंग में मुम्बई का स्टंटमैन क्या ऐसा कर पाएगा? उस वक्त मुझे स्टंटमैन की कमर कसकर पकड़कर बैठना होगा, मैं इसी बात से चिन्तित था।

इस समय यह बात पूछने से कोई फायदा नहीं होने वाला था। जो होना था वह तो बाद में पता चल ही जाएगा। काम अच्छा हो, इसके लिए अगर मुझे मोटरसाइकिल पर बैठना पड़े तो मैं वैसा करने के लिए तैयार था।

मोटरसाइकिल से उतरकर बिशुदा ने कहा, "सूर्यकान्त के लिए यह

मोटरसाइकिल किराये पर लाई गई है। उम्मीद है यह कैप्टन को पसन्द आएगी।"

"कैप्टन?" चौंकते हुए मैंने पूछा था, "कैप्टन? कौन है?"

"कैप्टन कृष्णन!" बिशुदा ने कहा, "स्टंटमैन। आज रात मुम्बई से आ रहे हैं।"

कृष्णन मुम्बई से आ रहे थे लेकिन उनके नाम से मैं समझ गया था कि वे दक्षिण भारतीय हैं।

चार

पहले दिन का काम बड़ी अच्छी तरह सम्पन्न हो गया था। पहला शॉट मेरा था—मोहन की पोशाक पहनकर मैं दीवान के साथ कमरे में जा रहा था। सामने मेरे पिता जी बैठे थे। बदली पोशाक में मुझे देखकर पहले तो वे हैरान हो गए। एक बार में ही शॉट सही होने के लिए सबकी वाहवाही मुझे मिली थी। यहाँ तक कि मि. लोहिया, जो अपने पोते के साथ शूटिंग देख रहे थे, उन्होंने भी ताली बजाकर शाबाशी दी थी। आज मुझे घर की बड़ी याद आ रही थी, इसलिए मन भारी था। इतनी अच्छी शूटिंग वे नहीं देख सके। देखते तो कितने खुश होते। लेकिन मुझे पाँच मिनट में दूसरे शॉट के लिए तैयार होना था, इसलिए उस दु:ख को भूलना पड़ा। पहले शॉट के समय बिशुदा वहाँ मौजूद थे। शॉट पूरा होने के बाद उन्होंने मेरी पीठ ठोंककर

कहा था, "इसी तरह करता रह, चिन्ता मत कर।"

राजा की भूमिका में पुलकेश बाबू ने भी अच्छा अभिनय किया था। लेकिन भोजन के अवकाश में उन्होंने एक बात कही थी, जिसे सुनकर मुझे बहुत मजा आया। उन्होंने कहा था, "जानते हो मास्टर अंशुमान, बाल अभिनेता के साथ अभिनय करने पर बड़ों को कोई नहीं पूछता। हम सब बेकार मेहनत कर रहे हैं।" मैं यह भी गौर कर रहा था। हर बार शॉट देने से पहले वे होठों ही होठों में कुछ कहते थे, शायद ईश्वर को स्मरण करते थे।

ममता मासी का अभिनय भी मुझे बहुत अच्छा लगा था। खासकर उनका आँसू बहानेवाला शॉट। अधिकतर अभिनेता अपने-आप आँसू नहीं बहा पाते हैं। रोने का शॉट देने से पहले वे आँखों के कोने में ग्लिसरीन टपका लेते हैं। ऐसा करने से आँखों में जलन होती है और आँखों में पानी आ जाता है। ममता मासी ने कहा था, "उन्हें ग्लिसरीन की जरूरत नहीं है।" मैं चकित होकर देखता रहा, सचमुच वैसा ही था। गुंडे उनके पुत्र को न उठाकर गलती से दूसरे लड़के को उठा ले गए हैं, जानकर इतनी खुश हुई थीं कि रोते हुए अपने पुत्र को सीने में जकड़ लिया था।

पाँच बजे तक पूरे दृश्य का काम खत्म हो गया था, अब अँधेरा होने के बाद बाकी काम होना था। मतलब सात बजे से पहले नहीं। पुलकेश बाबू और ममता मासी सर्किट हाउस लौट गए थे। आगे का काम बहुत आसान था। मुझे एक कमरे से दूसरे कमरे में दौड़-भाग करनी थी। दीवार के बाहर से इस तरह कैमरे में उसका शॉट लेना था कि देखकर लगे गुंडे ही सब कुछ देख रहे हैं।

ग्रामोफोन सुनते हुए दो घंटे बहुत आराम से गुजर गए थे। मि. लोहिया के पास एक पुराना चोंगेवाला ग्रामोफोन था और दुनिया भर के पुराने हिन्दी क्लासिक गानों के रिकार्ड थे। वे उन्हीं रेकार्डों को बजाकर सुना रहे थे। चाबी भरनेवाला ग्रामोफोन मैंने पहले कभी नहीं देखा था। सहयोगी मुकुल चौधरी क्लासिकल गानों के शौकीन थे। वे बोले, "ये

रिकॉर्ड अब बाजार में नहीं मिलते हैं। मि. लोहिया ने इन्हें इस तरह सँभालकर रखा है कि ये इतने दिनों तक खराब नहीं हुए हैं।"

सात बजने के कुछ देर पहले ही गाना सुनना बन्द करके शॉट की तैयारी शुरू हो गई थी। अब राजकुमार के कपड़े पहनने थे। तैयार होने में मुझे ठीक पन्द्रह मिनट का समय लगा था। लेकिन इससे क्या होना था। खबर मिली थी काम शुरू होने में थोड़ा समय लगेगा। मुख्य गुंडे की भूमिका अदा करनेवाले जगन्नाथ दे या जगू उस्ताद मिल नहीं रहे थे। बिशुदा व्यस्त होकर सबको पूछते फिर रहे थे, किसी ने जगन्नाथ को तो नहीं देखा है? मैंने शाम को उन्हें देखा था, इतने-से समय में वे कहाँ गए होंगे।

यहाँ यह कहना जरूरी है जगन्नाथ दे अभिनेता चाहे कितने भी अच्छे हों, व्यक्ति के तौर पर जगू उस्ताद मुझे बिल्कुल अच्छे नहीं लग रहे थे। एक तो जगू उस्ताद की हँसी स्पष्ट नहीं थी। असल में उतने पान-तम्बाकू खानेवाले दाँत साफ भी नहीं हो सकते थे। दूसरा कारण था, हमारे दल के दो नौकर भीखू और पंचानन के साथ उन सज्जन का व्यवहार बिलकुल अच्छा नहीं था। यह मुझे बेहद बुरा लगता था। इसलिए कि अपने काम में वे दोनों बहुत मेहनत कर रहे थे।

बिशुदा जगू उस्ताद को ढूँढ़ने निकलने से पहले सुशील बाबू से कह गए थे कि इस बीच मेरा शॉट पूरा कर लिया जाए। मैं तो तैयार था, केवल रोशनी की व्यवस्था करनी थी। आम बिजली की बत्ती में शूटिंग सम्भव नहीं होती। इसके लिए स्टूडियो की बड़ी लाइट में काम करना पड़ता है। निदेशक सुशील बाबू आकर मुझे समझा गए थे कि मुझे किस तरह एक कमरे से दूसरे कमरे में भागना था। "मन ही मन कोई गाना गुनगुनाते रहो," सुशील बाबू ने कहा था, "और उससे ताल मिलाकर घूमो-फिरो।" ऐसा करने से काम स्वाभाविक और मजेदार होगा। असल में राजकुमार को कुछ करना ही नहीं था। इसलिए वह अपनी ही धुन में इधर-उधर घूम-

फिर रहा था। फिल्म में यही अभिव्यक्ति लानी थी।

मैं थोड़ा-बहुत गा सकता था, लेकिन कौन-सा गाना गाऊँ, समझ में नहीं आ रहा था। सुशील बाबू से पूछने पर कुछ सोचकर उन्होंने कहा, "धानेर खेते रोदेर छाया, गीत को जानते हो?"

मेरे हाँ कहने पर सुशील बाबू ने कहा था, "वेरी गुड, बस उसे ही गुनगुनाओ।" मैंने अपने मन में गाने को गुनगुना लिया था, पूरा गाना मुझे याद नहीं था, उसकी आवश्यकता भी नहीं थी।

आधे घंटे में ही मेरा शॉट बहुत अच्छा हो गया था। उसके भी आधे घंटे बाद आकर बिशुदा ने सूचना दी थी कि जगू उस्ताद मिल गए हैं। बिशुदा बहुत गुस्से में थे, यह देखकर मुझे कुछ पूछने की हिम्मत नहीं हुई थी। लेकिन उनकी बातों से मैं समझ गया था। जगू उस्ताद को नशा करने की आदत है। वे राजमहल से दूर बाजार में शराब की दुकान पर चले गए थे। शाम होते ही वह नशा किए बिना रह नहीं पाते थे।

इधर दूसरे दोनों गुंडे तैयार बैठे थे। अब जगू उस्ताद को मेकअप करके कपड़े बदलकर छगनलाल बनना था। उसमें एक घण्टा और निकल गया था। बिशुदा इस बीच एक बार मुझसे पूछ गए थे—मैं घर जाना चाहता हूँ या नहीं। मुझे वहाँ बड़ा मजा आ रहा था। मैंने कह दिया, "गुंडों का शॉट देखे बिना मैं नहीं लौटूँगा।"

शॉट पूरा होते-होते रात के साढ़े नौ बज गए थे। तीनों गुंडे राजमहल की दीवार के बाहर एक पेड़ के नीचे खड़े थे। दीवार ऊँची होने के कारण राजमहल का केवल ऊपरी हिस्सा दिख रहा था। इसलिए छगनलाल जल्दी-जल्दी पेड़ पर चढ़ गया था। उसे देखकर उसके दो सहयोगी भी चढ़ गए थे। अब वे अमृत को देख सकते थे। उसी समय गश्त करनेवाला सिपाही वहाँ पहुँच गया था। उसकी हुंकार सुनकर तीनों गुंडे पेड़ से झटपट नीचे उतरकर किसी तरह गाड़ी में बैठकर भाग गए थे।

शूटिंग देखकर समझ गया था कि नशा करें या और कुछ, जगू उस्ताद पक्के अभिनेता हैं। बिशुदा ने बाद में कहा था, "वे बहुत अच्छे अभिनेता हैं। इसीलिए उनके इतने बद दिमाग होने पर भी उन्हें लेना पड़ा था।" मैंने मन-ही-मन कहा, कुछ भी करो भैया, मेरे साथ अभिनय करते समय नशा करके मत आना। मैंने सुना है, शराब की महक बहुत खराब होती है।

पाँच

शूटिंग से लौटने में देर हो गई थी। मैं थकान महसूस कर रहा था। इसलिए खाना खाकर सोने चला गया था। कल सुबह उतनी जल्दी उठने की जरूरत नहीं थी, क्योंकि कल केवल पुष्कर के मेले का शॉट लिया जानेवाला था। उसमें किसी अभिनेता का काम नहीं था। मेला कल से शुरू होनेवाला था, इसलिए भीड़ बढ़ने से पहले ही कुछ शॉट ले लेना जरूरी था। आज शाम राजमहल में काम था। इस बार हीरो शंकर गल्लिक का शॉट था। दृश्य था—राजा के पुलिस को सूचना देने के बाद इन्स्पेक्टर सूर्यकान्त अमृत से पूछताछ करके पूरा मामला समझ रहे हैं। इसमें मेरा भी शॉट था और पुलकेश बैनर्जी का भी।

उठने की जल्दी न रहने पर भी ज्यादा देर तक बिस्तर पर पड़ा नहीं रह पाया। यह अच्छा ही हुआ क्योंकि बरामदे से निकलते ही बिशुदा से भेंट

हो गई थी। बिशुदा बोले, "तू मेरे साथ चलेगा?"

मैंने पूछा, "कहाँ?"

"जगह का नाम दौराल है, यहाँ से सोलह किलोमीटर दूर कहानी के उपयुक्त एक नाले का पता चला है। उसे कृष्णन को दिखा दूँगा। वह एक बार देखना चाहते हैं। मोटरसाइकिल पर सवार होकर उसे पार करना सम्भव है या नहीं।"

"स्टंटमैन आ गए हैं?"

"अरे पूछ मत," बिशुदा बोले, "गाड़ी तीन घण्टा लेट थी। कृष्णन को लेकर मैं डेढ़ बजे लौटा था।"

"मोटरसाइकिल भी रहेगी हम लोगों के साथ?"

"वह तो रहेगी ही। लेकिन वह बस की छत पर रहेगी। वहाँ पहुँचकर कृष्णन उसे चलाएगा।"

"कृष्णन कहाँ के रहनेवाले हैं बिशुदा? क्या वे मद्रासी हैं?"

"उन्हें देखते ही समझ जाएगा।"

आठ बजे तक ब्रेकफास्ट हो गया था। आज बस को छोड़कर दूसरी कोई गाड़ी नहीं जा रही थी, क्योंकि तीनों गाड़ियाँ पुष्कर चली गई थीं शूटिंग के लिए। लेकिन आउटिंग (घूमने का) का शौक सभी को था। इसलिए जो शूटिंग में नहीं गए थे, लगभग वे सभी बस में सवार हो गए थे। अन्त में बिशुदा के साथ एक सज्जन आए थे। उनकी उम्र लगभग तीस वर्ष की रही होगी। रंग साफ था। कद आम लोगों से थोड़ा ज्यादा, उनको देखने से पता चलता था कि वे पूरी तरह फिट थे।

"तू कब से स्टंटमैन-स्टंटमैन किए जा रहा था—यही कैप्टन कृष्णन हैं।" कहकर बिशुदा ने उन्हें मेरे पास खाली सीट पर बैठा दिया था। कैप्टन कृष्णन ने मेरी तरफ देखकर अपने चमकते हुए दाँत दिखाकर हँसते हुए साफ बाङ्ला में कहा, "नमस्कार!"

मैं तो बेवकूफ बन गया था। मैं सोच ही नहीं सकता था कि कृष्णन

भी किसी बंगाली का नाम हो सकता है।

बस की छत पर मोटरसाइकिल चढ़ा दी गई थी। दो बार हॉर्न बजाकर डीलक्स बस चल पड़ी थी।

बस में सवार सभी लोग मुड़कर नए आए स्टंटमैन को देख रहे थे। मेरी नजर भी उनकी तरफ घूम गई थी। वे सज्जन उस वक्त भी मुस्करा रहे थे। आखिरकार मुझसे चुप नहीं रहा गया। मैंने पूछ ही लिया—"आप बंगाली दिखते हैं, लेकिन आपका नाम तो...।"

"मेरा नाम कृष्णपद सान्याल है।" सज्जन हँसते हुए बोले, "मुम्बई में कोई बंगाली स्टंटमैन की कद्र नहीं करता। इसलिए मैंने दक्षिण भारतीय नाम रख लिया। वहाँ मैं टूटी-फूटी हिन्दी और अँग्रेजी बोलता हूँ। बातें तो ज्यादा नहीं करनी पड़ती हैं। वहाँ हम लोगों की भाषा पर कोई अधिक ध्यान नहीं देता है। केवल काम ठीक हो रहा है या नहीं, यही देखते हैं।"

उन्हें देखकर मुझे अजीब लग रहा था। ये ही शंकर मल्लिक बनकर सारे मुश्किल काम करेंगे और फिल्म देखकर दर्शक सोचेंगे सबकुछ शंकर मल्लिक ने किया है। बिशुदा कह रहे थे—"हिन्दी फिल्मों के नायक जितनी

फाइटिंग करते हैं, घोड़े से गिरते हैं, एक मकान से दूसरे मकान में छलाँग लगाकर चले जाते हैं, यह सबकुछ स्टंटमैन करते हैं। लेकिन दर्शक इसे जान नहीं पाते हैं।"

मैंने और एक बार तिरछी नजरों से उन सज्जन को देख लिया। कृष्णपद सान्याल मतलब बंगाली ब्राह्मण हैं।

केवल ब्राह्मण ही नहीं हम गांगुलियों की तरह वारेन्द्र ब्राह्मण। ऐसे परिवार का कोई स्टंटमैन कैसे बन गया, उनसे मुझे यह सबकुछ पता करना होगा। इतना तो समझ गया था कि उनके चेहरे पर एक मूँछ लगा देने के बाद दूर से उनके और शंकर मल्लिक के चेहरे में ज्यादा फर्क नहीं रह जाएगा। दोनों का रंग एवं कद-काठी लगभग एक जैसी थी। बिशुदा के चयन की तारीफ करनी होगी। उन्होंने ही स्टंटमैन ढूँढ़ा था, यह मैं जानता था।

"तुम्हारा नाम क्या है?"

मैंने अपना नाम बता दिया। फिर मैंने कहा, "मुझे तो शायद आपकी मोटरसाइकिल के पीछे बैठना होगा।"

"वह तो बैठना होगा," कैप्टन कृष्णन बोले, "लेकिन घबराने की कोई बात नहीं है। मोटरसाइकिल का स्टंट मेरी तरह कोई नहीं कर सकता। हिन्दी-तमिल मिलाकर मैंने बाईस फिल्मों में मोटरसाइकिल चलाई है। एक बार भी गड़बड़ नहीं हुई।"

"सचमुच ऐसा हुआ है?"

"यस सर!"

पता नहीं क्यों, वे सज्जन मुझे अच्छे लग रहे थे। ऐसा निडर चेहरा आमतौर पर नजर नहीं आता। और जो व्यक्ति इतने खुले दिल से हँसता है, उसमें क्या कोई नीचता रह सकती है? लगता तो नहीं।

कैप्टन कृष्णन किसी हिन्दी फिल्म का गाना गुनगुना रहे थे, यह देखकर मैं चुप हो गया। अच्छी तरह परिचय करने के लिए काफी वक्त

था। नाला पार करनेवाली शूटिंग दो दिनों के बाद होनी तय थी, यह मुझे पता चल गया था।

दौराल एक छोटा शहर था। उसे पीछे छोड़कर और कुछ दूर जाने के बाद बस को रुकने के लिए कहा। बाईं तरफ जंगल के बीच से एक पैदल चलनेवाली सड़क थी। मैं समझ गया था बस उस सड़क पर नहीं जा सकती थी और हम लोगों को उसी पर से जाना था। इन जगहों का चयन करने के लिए सुशील बाबू, बिशुदा और कैमरामैन को साथ लेकर पिछले महीने एक बार अजमेर आ चुके थे। जगह का चयन पहले ही कर लेना पड़ता है। एक बार शूटिंग शुरू हो जाने के बाद और दूसरे काम के लिए समय नहीं रहता है। यह नाला निर्देशक साहब को पसन्द था लेकिन जिन्हें मोटरसाइकिल से नाला पार करना था, उन्हें भी तो पसन्द आना चाहिए।

बिशुदा ने कहा, "वह जगह पक्की सड़क से पाँच मिनट का रास्ता है। जीप आसानी से जा सकती है। बस या कार लेकर जाना असम्भव है।"

हम लोग बस से उतरकर पैदल चल पड़े। मोटरसाइकिल को भी उतार लिया गया था। कैप्टन कृष्णन उसपर सवार होकर धीमी आवाज में उसे स्टार्ट करके हम लोगों के साथ-साथ चल रहे थे।

जंगल घना नहीं था। पेड़-पौधे सब नए थे। यहाँ के दृश्य हम लोगों के बंगाल से काफी अलग थे।

धीरे-धीरे पक्की सड़क पर गाड़ियों के आने-जाने का शोर एकदम बन्द हो गया। अब केवल मोटरसाइकिल की आवाज और चिड़ियों के चहकने की आवाज आ रही थी।

एक मिनट बाद कलकल की ध्वनि सुनाई पड़ने लगी। मैं समझ गया कि हम नाले के पास पहुँच गए हैं। यहाँ आकर सड़क थोड़ी चौड़ी और चढ़ाई वाली थी, थोड़ी दूर चढ़ाई चढ़ने के बाद सड़क एकदम ढलान लेकर नाले तक चली गई थी। नाले की चौड़ाई दस हाथ थी। लेकिन मोटरसाइकिल को बीस-पचीस हाथ छलाँग लगानी थी। ऐसा करने से ही

इस पार की चढ़ाई से उस पार के ढलान तक पहुँचा जा सकता था।

"कैप्टन, क्या सोच रहे हो?"

बिशुदा ने कैप्टन कृष्णन के पास जाकर पूछा। कृष्णन अब मोटरसाइकिल को खड़ी करके नाले और सड़क को घूम-फिर कर देख रहे थे।

"रुकिए, एक बार मैं उस पार की स्थिति देख लूँ।" कृष्णन ढलान से उतरकर पानी के पास पहुँचकर पैंट ऊपर उठाकर पानी के ऊपर से छप-छप करते हुए चलकर उस पार पहुँच गए थे। एक मिनट तक उस पार का निरीक्षण करने के बाद इस पार लौटकर बोले, "मैं एक बार कोशिश करके देखूँ, आप लोग किनारे से हट जाइए।"

हम सब हड़बड़ाकर सड़क के दोनों ओर दो गुटों में बँटकर खड़े हो गए। मैं बाईं तरफ के गुट के साथ था। मेरी नजर सड़क पर थी। कृष्णन चढ़ाई चढ़कर मोटरसाइकिल की तरफ चले गए थे। सड़क के दोनों तरफ झाड़ी होने की वजह से कृष्णन अब दिख नहीं रहे थे। लेकिन मोटरसाइकिल की आवाज आ रही थी। आवाज जिस तरह धीमी होती जा रही थी, उससे हम समझ रहे थे, कृष्णन रफ्तार पकड़ने की सुविधा के लिए मोटरसाइकिल दूर ले जा रहे थे।

"रेडी होने पर कहिएगा।" बिशुदा ने चिल्लाकर कहा था।

एक-दो सेकेंड में जवाब आया—"रेडी, आई एम कमिंग।"

अब मोटरसाइकिल की आवाज तेज हो रही थी। मैं समझ गया वह चल पड़ी थी। मोटरसाइकिल के चालू होने में और झाड़ियों के पीछे से अचानक जादू की तरह निकलने में मुश्किल से तीन सेकेंड का समय लगा था। उसके बाद चौंकानेवाली घटना घट गई थी। एक भूखी हिंस्र शेरनी जिस तरह से पूरी ताकत लगाकर बड़ी सहजता से दस हाथ दूर अपने शिकार पर झपटती है, ठीक उतनी ही सहजता और स्फूर्ति से फुर्तीले कैप्टन कृष्णन मोटरसाइकिल को शून्य में लाकर नाला पार करके दूसरी तरफ की ढलान

पर उतरकर सामने की झाड़ी में अदृश्य हो गए।

उसके बाद जैसा होना था वैसा ही हुआ। सबने एक साथ तालियाँ बजाकर कृष्णन को शाबाशी दी।

लेकिन खेल यहीं खत्म नहीं हुआ था। इसके बाद जो कुछ हुआ था, मैं जिन्दगी भर नहीं भूल सकता। उस पार से अचानक कृष्णन की आवाज सुनाई दी—"मास्टर अंशुमान!"

मैं अपना नाम सुनकर अचानक न जाने क्यों घबरा गया था। 'अंशुमान' जैसे मेरा नहीं दूसरे व्यक्ति का नाम था।

"कहाँ चले गए मास्टर अंशुमान!" उनकी आवाज फिर सुनाई दी।

इधर बिशुदा मेरे पास आ गए थे। बोले, "तुझे बुला रहे हैं, तू जाएगा?"

"जाऊँगा।"

मन से सारा डर अचानक जादू की तरह गायब हो गया था। मेरा मन कह रहा था, कैप्टन कृष्णन जहाँ सारथी हों, वहाँ डरने की कोई बात नहीं है।

मैंने चिल्लाकर कहा, "अभी आ रहा हूँ।" और पैंट ऊपर उठाकर उस पार हाजिर हो गया था। मुझसे बीस हाथ की दूरी पर कैप्टन मोटरसाइकिल पर बैठे थे। उन्होंने मुझे इशारे से अपने पास बुलाया—"एक बार रिहर्सल हो जाए।"

मैं कैप्टन कृष्णन के पास चला गया। उन्होंने पीछे की सीट पर हाथ मारकर समझा दिया था कि मुझे कहाँ बैठना होगा। मैं वहीं बैठ गया।

"डरने की कोई बात नहीं है, केवल मेरी कमर को दोनों हाथों से कसकर पकड़े रखना।"

मैं उन्हें पकड़कर बैठ गया था। कैप्टन कृष्णन मोटरसाइकिल को घुमाकर और दूर ले गए थे। फिर उसे नाले की तरफ मोड़कर इंजन से जोर की आवाज निकालकर उसकी चाल बढ़ा दी।

उनको कमर से पकड़ने के बाद मेरी आँखें भी बन्द हो गई थीं। इसलिए मैंने कुछ नहीं देखा था। केवल आँख खोलने के बाद मैंने देखा, मैं नाले की दूसरी तरफ आ गया था। मेरे ऊपर से जैसे तूफान गुजर गया था। सब लोग दोबारा तालियाँ बजा रहे थे—'शाबाश, शाबाश' कह रहे थे।

"कैसा लगा?" कैप्टन कृष्णन ने पूछा।

मैंने कहा, "बड़ा मजा आया। उतना ही सुकून भी।"

खैर अब कोई चिन्ता नहीं थी। कल स्टेशन से आते समय बिशुदा बाबू ने मुझे सीन समझा दिया था। मैंने उनसे कहा था, "चिन्ता का कोई कारण नहीं है। अगर वह लड़का हिम्मत करके मोटरसाइकिल पर बैठ जाए तो मेरी तरफ से कुछ गड़बड़ नहीं होगी।"

इसी बीच और भी लोग हम लोगों के पास आ गए थे। सुशील बाबू पुष्कर में शूटिंग कर रहे थे, नहीं तो वे भी बहुत खुश होते, और निश्चिन्त भी होते। शंकर मल्लिक ने मेरी पीठ थपथपाकर 'ब्रेव ब्वॉय' कहकर मेरी तारीफ की। फिर कृष्णन से हाथ मिलाकर अपना परिचय देकर कहा था—"सच कहिए तो इस स्टंट को लेकर मुझे बड़ी चिन्ता थी। मुझे पता

था कि मुझे कुछ नहीं करना है। लेकिन जिसे यह सब करना है, वह ठीक जँचेगा या नहीं, इसी की चिन्ता थी। अब देख रहा हूँ, मेरी तरह एक मूँछ लगा देने से दूर से या पीछे से किसी को कोई फर्क ही नजर नहीं आएगा।"

जिस काम से हम सब वहाँ गए थे, वह पूरा हो जाने के बाद सब बस में बैठ गए थे। सर्किट हाउस पहुँचकर बारह बजे तक दोपहर का भोजन करके हमें मिस्टर लोहिया के यहाँ पहुँचना था।

नाला पार करने का रिहर्सल ठीक तरह हो जाने के बाद मैं कितना निश्चिन्त महसूस कर रहा था, इसे मैं कह नहीं सकता। पूरी फिल्म में यही मेरा सबसे कठिन काम था और इसे लेकर मुझे बड़ी चिन्ता थी।

कैप्टन कृष्णन मिल गए थे, एक अच्छा स्टंटमैन क्या होता है, आज पहली बार मैंने इसे महसूस किया था।

छह

शाम के पाँच बजते-बजते मिस्टर लोहिया के बँगले में दोपहर का काम पूरा हो गया था। मुझे इस बात की सबसे अधिक खुशी हो रही थी कि मेरी गलती के लिए ही शॉट बार-बार नहीं लेना पड़ रहा था। मेरी समझ में आ गया था कि कैमरे का डर खत्म हो जाने के बाद काम आसान हो जाता है। हीरो शंकर मल्लिक ने भी पहले दिन अच्छा ही अभिनय किया था। उस एक व्यक्ति के बारे में कोई कुछ नहीं जानता था क्योंकि वे भी नए थे। बाद में शंकर बाबू ने खुद कहा था कि वे फिल्म के कीड़े हैं। अच्छे-अच्छे विदेशी अभिनेताओं का अभिनय देख चुके थे। इस बात से उनको काम करने में बहुत सुविधा हुई थी। उन्होंने जो कुछ किया था, वह अभिनय लग ही नहीं रहा था। आज शूटिंग देखने यहाँ के पुलिस इन्स्पेक्टर भी आए थे। उनका नाम मिस्टर माहेश्वर था। वे मिस्टर

लोहिया के घनिष्ठ परिचितों में थे। उन्होंने भी सबका काम देखकर बड़ी प्रशंसा की थी।

शाम को लौटने के बाद सर्किट हाउस में फिर कृष्णन से मुलाकात हो गई। दोपहर-भर मुझे बार-बार उन सज्जन की याद आ रही थी। साथ ही सुबह की चौंकानेवाली घटना भी। यह तय था कि अगर मेरी माँ और पिता जी यहाँ रहते तो मुझे कभी ऐसा नहीं करने देते। बिशुदा ने कह दिया था, "घर में जब चिट्‌ठी लिखना तब स्टंट का जिक्र बिल्कुल मत करना। इस बात को चाचा जी और चाची जी फिल्म देखते समय ही जान पाएँगे, उसके पहले नहीं। पहले पता चलने पर सारा दोष मेरे ऊपर आ जाएगा।"

"काम कैसा रहा?" कैप्टन कृष्णन ने पूछा।

"बहुत अच्छा। लेकिन सुबह की उस छलाँग से अच्छा नहीं था।"

"एक बात कहना चाहता हूँ तुम्हें—आज से मुझे केष्टोदा कहकर बुलाना। वही मेरा असली नाम है! यहाँ तो मुझे किसी को अपना परिचय मद्रासी के रूप में देने की जरूरत नहीं है।"

यही ठीक था। मेरा भी मन कैप्टन कृष्णन को दादा कहने का हो रहा था। लेकिन कैसे शुरू करूँ, समझ नहीं पा रहा था।

मुझे एक बात जानने की बड़ी उत्सुकता थी, इसे मौका पाकर पूछ लिया।

"आप किस तरह स्टंटमैन के काम में आए केष्टोदा?"

"यह एक लम्बी कहानी है," केष्टोदा बोले, "मैं पंडित के घर का लड़का हूँ। मेरे पिता स्कूल में संस्कृत और गणित पढ़ाते थे। शायद अभी भी पढ़ाते हों। मैं कक्षा से गायब होनेवाला लड़का था। मैं स्कूल से भागकर मारधाड़वाली फिल्में देखता था और पिता जी से पिटता था। डण्डे की मार। लेकिन उन्हीं दिनों मैंने एक तरीका सीख लिया था। पीठ पर डण्डा मारने पर भी ज्यादा दर्द नहीं होता था। मेरे पिता जी ऐसे कोई ताकतवर आदमी नहीं

थे। ताकतवर थे मेरे दादा जी—वे भी संस्कृत के पंडित थे, लेकिन नियमित व्यायाम करते थे। मुग्दर भाँजते थे। एक बार एक मेढ़ा सींग मारने दादा जी के पीछे दौड़ा था। मेरे दादा जी ने उसकी सींग मरोड़कर पट् से तोड़ दिया था। उनकी ताकत का अन्दाजा लगा सकते हो। मैंने भी खूब कसरत की है लेकिन ज्यादा मसल्स होने से स्टंट में परेशानी होती है। शरीर एकदम स्प्रिंग की तरह होना चाहिए। जमीन पर गिरते समय शरीर को एकदम ढीला छोड़ देना चाहिए। ऐसा करने से हड्डी में चोट कम लगती है। पिछले दस वर्षों में घोड़े की पीठ से कम से कम पाँच सौ बार गिर चुका हूँ, ऐसा नहीं कि बिल्कुल चोट नहीं लगी। पूरे शरीर में चोट के निशान मौजूद हैं। लेकिन शॉट के समय किसी को पता नहीं चलता कि मुझे चोट लगी है या नहीं।"

केष्टोदा ने कुछ देर रुककर एक सिगरेट जलाकर फिर से कहना शुरू किया—

"मैंने तेरह वर्ष की उम्र में स्कूल जाना बन्द कर दिया था। पिता जी ने सारी उम्मीदें छोड़ दी थीं। मैं घर से भागकर कोलकाता चला गया। वहाँ सियालदह के टावर होटल में बेयरा का काम करने लगा। पाँच साल वहाँ काम करके मैंने एक सौ छप्पन रुपये बचाए। एक दिन अचानक थर्ड क्लास का टिकट लेकर बाम्बे मेल में बैठ गया था। मुम्बई पहुँचने में दो दिन लगे थे। काफी भीड़-भाड़वाला शहर। मैं किसी को पहचानता नहीं था। केवल बाम्बे टाकीज का नाम सुना था। वहाँ जाने के बाद सुना बाम्बे टाकीज अब नहीं है। अब कहाँ जाऊँ? इधर-उधर भटकते-भटकते पूछते हुए अन्त में परेल में राजकमल स्टूडियो में पहुँचा। पता चला बंगाली डायरेक्टर स्वदेश मुखर्जी की शूटिंग चल रही थी। मैं सीधा स्टूडियो के अन्दर पहुँच गया। वहीं जाकर चुपचाप एक तरफ खड़ा हो गया।

मेरी तकदीर अच्छी थी—वह इस घटना को सुनकर समझ जाओगे। हीरो और खलनायक के बीच मारपीट का दृश्य था। दोनों की जगह दो स्टंटमैन काम कर रहे थे। हीरो को पेट में स्टंटमैन की लात खाकर छिटककर

जमीन पर गिरना था। हर तरह से जमीन पर छिटक कर गिरने की प्रैक्टिस मैंने कोलकाता में होटल की छत पर कर ली थी। यहाँ पर यह काम कैसे किया जाता है, इसे देखने के लिए मैं छिपकर खड़ा था। फिर वहाँ जो हुआ, वह एक भयंकर दुर्घटना थी। हिसाब में थोड़ी चूक हो जाने से गिरते समय हीरो के स्टंटमैन का सर एक मेज के कोने से टकरा गया था। बस ब्लैक आउट। उसे उठाकर सेट से बाहर ले जाना पड़ा था। इधर डायरेक्टर परेशान, प्रोड्यूसर परेशान, अब क्या हो। स्टंटमैन के बिना तो काम ही रुक जाएगा। एक दिन काम रुकने का मतलब था बीस हजार रुपयों का नुकसान। अब किस्मत में जो है देखा जाएगा, यह सोचकर मैं डायरेक्टर के पास पहुँच गया। मैंने टूटी-फूटी हिन्दी, अँग्रेजी मिलाकर कहा—"मेरा नाम उन्निकृष्णन है। मैं मालबार का रहनेवाला हूँ। स्टंटमैन हूँ। एक बार मुझे भी परख लीजिए।"

उस वक्त ऐसी संकटजनक स्थिति थी कि मैं किसी को बिना बताए शूटिंग देखने कैसे अन्दर पहुँच गया था, यह बात किसी के ध्यान में ही नहीं आई। डायरेक्टर साहब ने उसी समय कहा, "इससे एक बार रिहर्सल करा लो, ठीक से कर ले, तो इसी से काम करा लेंगे।"

हिम्मत करके काम शुरू कर दिया। रिहर्सल परफेक्ट हो गया। टेक परफेक्ट था। उसी दिन स्टंटमैन कैप्टन कृष्णन का जन्म हुआ था। लेकिन यह भी पता चल गया है कि काम से कोई नाम नहीं है। फाइटिंग का दृश्य देखकर कोई पूछता भी नहीं है कि स्टंटमैन कौन था? लेकिन इससे पेट भरने का पैसा मिल जाता है क्योंकि काम मिलता रहता है। फिल्मों में स्टंटमैन दिनोंदिन बढ़ता जा रहा है। एक फिल्म में हेलिकॉप्टर के नीचे रस्सी पकड़कर लटकना पड़ा था। एक स्टंट के लिए पच्चीस हजार रुपये। जान हथेली पर रखकर काम करना पड़ता है। हर स्टंट में जान की बाजी लगानी पड़ती है क्योंकि जरा भी चूक होने से मृत्यु न भी हो तो भयानक रूप से घायल होना निश्चित है। आज सुबह ही तो तुमने देखा, काम कितना

खतरनाक था। सोच सकते हो जरा भी चूक होती तो क्या होता।"

मैं सोच सकता हूँ, लेकिन सोचना नहीं चाहता। मैं जानता था मेरी किस्मत भी केष्टोदा की किस्मत से जुड़ी हुई थी। वहाँ से लौटने का कोई उपाय नहीं था, इरादा भी नहीं था।

आसमान से सूरज की आखिरी किरण भी पहाड़ों के पीछे चली गई थी। झील का पानी गहरा नीला दिख रहा था। उसमें तैरती बत्तख अभी भी नजर आ रही थीं। थोड़ी देर बाद वे भी ओझल हो जाएँगी। अन्दर सब ताश खेल रहे थे। बीच-बीच में उनके शोर से इस बात का पता चल रहा था। मैंने पूछा, "आप ताश नहीं खेलते केष्टोदा?"

केष्टोदा ने कहा, "खेलता हूँ। आज दोपहर को खेल रहा था। हाँ, याद आया, तुम्हारे ग्रुप में एक व्यक्ति है। उसे सब जगूदा कहते हैं। वह कौन है जरा बताओ तो?"

"वे ही तो गुंडों के सरदार की भूमिका निभा रहे हैं। वे बहुत अच्छे अभिनेता हैं। उनका नाम जगन्नाथ दे है।"

"मैंने पिछले दस सालों से एक भी बांग्ला फिल्म नहीं देखी है।"

"लेकिन आपने यह बात क्यों पूछी?"

"कारण, वह भी ताश खेल रहा था। उसने ही मुझे बुलाया था। मैं उसी कमरे में बैठा था। वह आदमी मुझे ठीक नहीं लगा। भयानक धोखेबाज है। लेकिन मेरी आँखों में धूल नहीं झोंक सकता था। पहली बार तो नहीं मगर दूसरी बार उसे पकड़ लिया था। उस पर उसकी जो अभिव्यक्ति थी, वह मुझे बिल्कुल ठीक नहीं लगी थी। ऐसी गन्दी जबान मैंने बहुत कम सुनी है, वह आदमी गड़बड़ है।"

यह बात मुझसे भी छिपी नहीं थी, इसे मैंने कल की घटना बताकर उन्हें समझा दिया था।

"हुं!" कहकर केष्टोदा कुछ देर तक भौंहें सिकोड़कर चिन्तित मुद्रा में

बैठे रहे। फिर बोले, "तुम्हारे माता-पिता कोलकाता में नहीं हैं?"

मैंने कहा, "हाँ हैं, और मेरी एक बड़ी बहन भी हैं। उनकी शादी हो गई है।"

"माता-पिता से दूर रहने में तकलीफ नहीं हो रही है।"

"नहीं, आपके आने के बाद तो बिल्कुल नहीं।"

"गुड! काम अच्छी तरह हो जाए, यही कोशिश होनी चाहिए। बहुत मन लगाकर काम करना होगा। ऐसा करने से तुम्हारा नाम भी होगा। यह मुझे स्पष्ट दिख रहा है।"

"अकेले मेरा क्यों? आपका भी नाम होगा।"

केष्टोदा ने सिर हिलाया—"नहीं, स्टंटमैन को नाम का मोह त्यागना पड़ता है। नाम कमाना होगा तो इसे कमाएगा तुम लोगों का हीरो और इसी से हम लोगों को सन्तुष्टि मिलती है।"

केष्टोदा उठ गए—"देखूँ किसी ताश के ग्रुप में घुस पाता हूँ या नहीं।"

सात

तीन दिन के बाद पुष्कर के मेले में हम लोगों की सबसे मजेदार शूटिंग हुई थी। आज पहली बार मुझे दो चरित्रों में अभिनय करना पड़ा था। मोहन और अमृत की आपसी बातचीत के दृश्य की दो बार शूटिंग हुई थी। पहली बार मैंने मोहन की भूमिका निभाई। मेरे सामने अजमेर से लिया गया एक बारह साल का लड़का था। उसका नाम श्यामसुन्दर था। दूसरी बार मैं अमृत बना था और वही श्यामसुन्दर मोहन बना था। दर्शक जब वह दृश्य देखेंगे तो श्यामसुन्दर कहीं नहीं रहेगा। वे मोहन और अमृत को बात करते हुए देखेंगे।

अपहरण का दृश्य जहाँ फिल्माया गया था, वहाँ पर मेले की कोई भीड़ नहीं थी। भीड़ हो तो काम करने में कठिनाई होती। जगू उस्ताद दिन में नशा नहीं करते, इसलिए उन्होंने छगनलाल की भूमिका अच्छी निभाई

थी। लेकिन जिस दृश्य में छगनलाल अमृत रूपी मोहन को उठाकर गाड़ी में डालते हैं, वहाँ और थोड़ी सतर्कता बरत सकते थे। शूटिंग के बाद मेरी कमर में जो दर्द शुरू हुआ था, वह शाम तक बना रहा।

शाम को लौटने के बाद, सर्किट हाउस में केष्टोदा से भेंट हुई थी। पिछले दो दिनों से सारी शूटिंग राजमहल में हो रही थी। वहाँ केष्टोदा भी थे। लेकिन काम के बाद उनसे मेरी भेंट नहीं हुई थी। रात को सर्किट हाउस में लौटने की वजह से दोनों थके रहते थे। वे नहा-धोकर भोजन

करके सो जाते थे। मुझे उत्सुकता रहती थी कि इन दो दिनों में कोई बताने लायक घटना घटी है या नहीं। आज शाम उसका जवाब मुझे मिल गया था।

केष्टोदा गाना गुनगुना रहे थे। लेकिन मैं अच्छी तरह समझ रहा था कि उन्हें कोई चिन्ता सता रही थी क्योंकि उनकी भौंहें सिकुड़ी हुई थीं।

"तुम्हें ही ढूँढ़ रहा था।" केष्टोदा बोले।

"क्या बात है?" मैंने पूछा।

"मामला जटिल है।"

"क्यों, क्या हुआ है?"

"तुम लोग तो दो दिनों से राजमहल में शूटिंग कर रहे थे। मैं पूरे दिन खाली रहता था। मैं इधर-उधर घूमता रहा। अजमेर के कुछ दर्शनीय स्थल भी घूम आया हूँ। कल रात आठ बजे बाजार गया था। सोचा ठंड है, गरम चाय से गला थोड़ा तर कर लूँ। चाय की दुकान मैंने एक दिन पहले देख ली थी। कुछ भी हो, मैं दुकान के बाहर बेंच पर बैठकर चाय पी रहा था। उसी समय साथवाली शराब की दुकान से दो आदमी बाहर आए। उन दो आदमियों में से एक तुम लोगों के जगू उस्ताद थे। दूसरे को राजमहल में देखा था। वह वहाँ का नौकर है। उसका नाम शायद विक्रम है। उस्ताद के साथ नौकर को देखते ही मेरे मन में सन्देह पैदा हुआ था। वे दोनों बाहर निकलकर कहीं गए नहीं। वे दोनों बातें करते हुए दुकान के पीछे अँधेरे में चले गए थे।

"क्या हो रहा है। जानने की तीव्र उत्सुकता के कारण मैं भी उठकर बड़ी सतर्कता से, वे दोनों जिस तरफ गए थे, उधर चला गया। दो दुकानों के बीच की खाली जगह में एक बैलगाड़ी खड़ी थी, उसकी आड़ में दो-चार कदम आगे बढ़ते ही जगू उस्ताद की आवाज आई। वह विक्रम को उसके किसी काम में सहयोग करने के लिए कह रहा था। ऐसा करने पर जगू

उस्ताद ने उसे मोटी रकम देने का लालच दिया। रुपयों को लेकर कुछ देर तक बहस हुई, फिर एक हजार रुपये में सहमति हो गई। यह तो समझ ही रहे होंगे, राजमहल से वे कुछ चुराने के मौके की तलाश में थे। नौकर उस सामान को चुराकर जगू उस्ताद को दे देगा। उसके बदले में जगू उस्ताद उसे एक हजार रुपये देगा।"

मेरे सामने सारी बात एक झटके में स्पष्ट हो गई। नीलकान्त मणि। जगू उस्ताद के सामने कई बार उस मणि की चर्चा हुई थी। वह कितना मूल्यवान था, इसे जगू उस्ताद बेहतर जानते थे। वही मणि वे विक्रम की सहायता से हड़पना चाहते थे। और यही बात केष्टोदा जान चुके थे।

केष्टोदा को नीलकान्त मणि की जानकारी देने के बाद मैंने जानना चाहा, "आपने उन दोनों की बात सुन ली थी। उन्हें पता तो नहीं चला?"

केष्टोदा बोले, "लगता तो नहीं, मैं वहाँ ज्यादा देर तक नहीं था। उनके षड्यन्त्र की बात जानकर मैं वहाँ से चला आया था। अब सोचना है, क्या किया जाए?"

"तुम्हें क्या लगता है, बिशुदा को बता देना चाहिए।"

केष्टोदा सर हिलाकर बोले, "उससे कोई फायदा नहीं होगा। जगू उस्ताद का काम अभी भी बाकी था। अगर उसने एक भी शॉट नहीं दिया होता तो उसे हटाकर उसकी जगह दूसरे आदमी से काम लिया जा सकता था। लेकिन अब तो उसकी जगह किसी और को लिया नहीं जा सकता था। अब वह 'कण्टिन्यूटी' हो गया।"

"क्या हो गया है?"

"कण्टिन्यूटी। मतलब तीन दिन का काम हो जाने के कारण अब वही छगनलाल गुंडा बन गया है। अब उसकी जगह दूसरे आदमी को लाने का मतलब होगा उन तीन दिनों का काम फिर से कराना। उससे लाख रुपये बेकार जाते। जगू की हिम्मत इसी वजह से बढ़ी है। वह जानता है, उसके

बगैर काम नहीं चलनेवाला। उसी का फायदा उठाकर वह यह बदमाशी करने का मौका तलाश रहा है।"

"फिर।"

"फिर क्या? हमें अपना मुँह बन्द रखना होगा और जी-जान से कोशिश करनी होगी कि वह यह चोरी न कर सके, जिस मणि की बात कर रहे हो, वह कितनी बड़ी है?"

"लगभग कबूतर के अंडे के बराबर।"

"उसका दाम कितना होगा?"

"कह रहे थे दाम का कोई हिसाब नहीं है, मतलब अमूल्य है।"

"अब समझा।"

केष्टोदा गम्भीर चेहरे से चले गए।

रात में भोजन करने के बाद सोने से पहले एक बार बरामदे में जाकर खड़ा हो गया था। बाहर चाँदनी छाई थी। लेक का पानी झिलमिला रहा था। तभी एक आवाज सुनकर मैंने पलटकर देखा।

लगा बरामदे में कोई है।

जगू उस्ताद। मैं तो चौंक गया था। वे मेरी ओर आ रहे थे। मुझसे उसका क्या काम हो सकता है? खासकर इस समय जब वह नशे में था। अभी पूरे बरामदे में शराब की बदबू फैल जाएगी।

नहीं आज कोई बू नहीं आई। वे आज पूरी तरह स्वस्थ थे।

"कैसा है तू?"

उनका सवाल सुनकर मैं चौंक गया।

"क्यों? मैं तो ठीक ही हूँ।"

"दोपहर में शॉट के बाद देख रहा था, तू अपनी कमर पर हाथ फेर रहा था। तुझे ज्यादा चोट तो नहीं लगी है?"

"नहीं-नहीं, अब कोई दर्द नहीं है।"

"वेरी गुड! तेरी चिन्ता हो रही थी, इसलिए सोचा एक बार पता कर लूँ।"

"मैं ठीक हूँ।"

जगू उस्ताद चले गए।

आज तो वे बिल्कुल बदले हुए लग रहे थे।

क्या केष्टोदा ने ठीक सुना था?

आठ

और सात दिन बीत गए।

अब शूटिंग का काम लगातार चल रहा था। सबके लिए सब सहज हो गया था। काम की भी रफ्तार बढ़ गई थी। मुझे अपने माँ-पिता जी का पत्र मिल गया था। मेरा काम अच्छा हो रहा है। जानकर दोनों बहुत खुश थे। बिशुदा के अलावा भी कई व्यक्ति थे, जो नियमित आकर मेरा हालचाल पूछ जाते थे। उनमें ममता मासी भी एक थीं। वे अच्छी तरह समझती थीं, माँ की कमी क्या होती है। सच कहूँ तो उनके रहने से मुझे बहुत सुविधा हुई थी। वे न होतीं तो सब चीजों का खयाल रखना मुश्किल था। और थे सुशील बाबू, वैसे तो वे गम्भीर स्वभाव के व्यक्ति थे। फिर भी कम-से-कम एक बार आकर पूछ लेते थे "सब ठीक तो है?" सुशील बाबू के सहयोगी मुकुल चौधरी वैसे भी मुझे अच्छे लगते

थे। क्योंकि मेरे काम के वक्त मेरा ज्यादा ही खयाल रखते थे। किसी शॉट में अगर मेरे कुर्ते के ऊपर का बटन खुला रह जाए तो उस पूरे दृश्य के सभी शॉट में बटन खुला रहे यह देखना उनकी जिम्मेदारी थी।

केष्टोदा की धारणा गलत थी, मुझे ऐसा लगने लगा था क्योंकि अगले सात दिनों में जगूदा ने कोई गड़बड़ नहीं की थी। मुझे अभी तक मौका नहीं मिला था, लेकिन मौका मिलते ही यह बात केष्टोदा से कह दूँगा। यह तय कर रखा था।

हाँ, इन सात दिनों में फिल्म का काम काफी आगे बढ़ चुका था। पुलकेश बैनर्जी और ममता मासी का काम आज सुबह पूरा हो गया था। आज शाम वे कोलकाता के लिए रवाना होनेवाले थे। इस बीच मोहन के गरीब स्कूल अध्यापक पिता की भूमिका के लिए अजमेर के ही एक चालीस वर्षीय बंगाली अभिनेता मिल गए थे। उनके साथ एक दिन का काम हो भी गया था। इस बीच केष्टोदा को तीन दिन काम करना पड़ा था। उसमें से एक दिन उन्हें एक नए आए स्टंटमैन के साथ फाइटिंग करनी पड़ी थी। फिल्म में वह फाइटिंग छगनलाल और सूर्यकान्त के बीच दिखाया जाएगा। तीन गुंडों में से एक ने लात मारकर सूर्यकान्त का पिस्तौल जमीन पर गिरा दिया था। उसे दोबारा पाने के लिए ही सूर्यकान्त हाथापाई कर रहे थे। छगनलाल रूपी जगू उस्ताद और सूर्यकान्त रूपी शंकर मल्लिक को चोट पहुँचाए बगैर मुक्केबाजी करनी पड़ रही थी। लेकिन जब पिटकर गिरने का दृश्य आता था तो यह काम स्टंटमैन से कराया जाता था।

गुंडों के ठिकाने के लिए शहर से बाहर थोड़ी दूर पर तीन सौ वर्ष पुराना एक खँडहर मिल गया था। वहीं पर ये सारे दृश्य फिल्माये गए थे। मुझे भी उस दृश्य में हाजिर रहना पड़ा था। क्योंकि मोहन तो गुंडों के कब्जे में था और उसे मुक्त कराने के लिए आए थे सूर्यकान्त। हाथ-पैर बँधी हालत में कमरे के एक कोने में बैठकर मुझे काफी तकलीफ होने का नाटक करना पड़ रहा था। स्टंटमैन की करामात देखकर मेरी धड़कन बढ़ती जा

रही थी। खासकर केष्टोदा के स्टंट का कोई मुकाबला नहीं हो सकता था। कभी-कभी केष्टोदा का अभिनय देखकर लग रहा था कि उनके शरीर में हड्डी नाम की कोई चीज नहीं है। नहीं तो इस तरह उछल-उछलकर गिरने के बावजूद उन्हें दर्द नहीं हो रहा था, ऐसा कैसे हो सकता है?

बाकी दो दिन केष्टोदा का काम मुझे लेकर मोटरसाइकिल पर था। हालाँकि कार से मोटरसाइकिल का पीछा करने का दृश्य केवल डेढ़ मिनट का था। उसके लिए लगभग साठ-सत्तर शॉट लेने पड़े थे। दृश्य खत्म होता था नाले पर छलाँग लगाने के दृश्य के साथ। वह शॉट सात दिनों के बाद लिया जाना था। वह सबसे मुश्किल काम था इसलिए अन्त में किया जाना तय हुआ था। उस शॉट के बाद मेरा और केष्टोदा का कोई काम नहीं था।

इतना तो मानना ही होगा, अभिनय के मामले में जगू उस्ताद कोई गफलत नहीं करते थे। इसलिए मुझे शक हो रहा था, केष्टोदा ने ठीक सुना था या नहीं। पाँच दिनों तक मोटरसाइकिल पर शूटिंग करने के बाद मौका पाकर केष्टोदा मेरे पास आए थे। मैं उसी समय नहाकर बरामदे में आकर खड़ा हुआ था। आना सागर झील रोज देखने के बावजूद वह पहले जैसा नया लगता था। साथ ही पहाड़ के पीछे से सूर्योदय की खूबसूरती रोज नयापन लेकर आती थी।

"क्या खबर है?" केष्टोदा ने पूछा था।

"मैं तो आपसे ही नया कुछ सुनने की आशा कर रहा था।"

"उस आदमी ने शायद उम्मीद छोड़ दी है," केष्टोदा बोले, "मुझे मौका मिलते ही मैं शाम को उस चाय की दुकान में पहुँच जाता हूँ। पूरे शरीर पर चद्दर ओढ़कर बेंच पर चुपचाप बैठा रहता हूँ। मुझे जरूर कोई पहचान नहीं पाता होगा। उसी हालत में मैंने तीन दिन जगू उस्ताद को शराब की दुकान में जाते देखा था। उसके साथ एक दिन दो गुंडों में से एक को देखा था। लेकिन उस नौकर विक्रम को फिर कभी नहीं देखा।"

"इसका मतलब हो सकता है आपके सुनने में गलती हुई होगी?"

केष्टोदा ने सिर हिलाया था—"नहीं, मैंने गलत नहीं सुना था। उनका कोई षड्यन्त्र है, इसमें कोई सन्देह नहीं है। इस बीच राजमहल में शूटिंग के दौरान मेरा कोई काम नहीं था। एक दिन मैं उनके एक नौकर से माचिस माँगने के बहाने उससे बात कर रहा था। उसने कहा मिस्टर लोहिया का खास बेयरा तीन हफ्ते हुए छुट्टी लेकर गया है। उसी की जगह विक्रम आया है। मतलब कुछ गड़बड़ जरूर है। उसमें मालिक के प्रति वफादारी का कोई सवाल ही पैदा नहीं होता। उसे फुसलाना आसान है। इसलिए सन्देह होता है। देखा जाए और दो-चार दिनों के बाद सबकुछ साफ होगा, अभी कुछ कहना मुश्किल है।"

"लेकिन अगर सचमुच कुछ हो जाए?"

केष्टोदा गहरी साँस छोड़कर बोले, "पता नहीं, जब तक जगू उस्ताद की शूटिंग है, हमें चुप रहना होगा। अगर उस मणि की चोरी होगी तो पुलिस जरूर आएगी। पुलिस अगर जगू उस्ताद पर शक करती है तो करेगी, और लोग क्या कर सकते हैं। लेकिन यह बात पक्की है कि ऐसा होने पर तुम्हारी फिल्म का भी जबर्दस्त नुकसान हो जाएगा। जरूरत होने पर पुलिस अपराधी को पकड़ेगी, उन्हें कोई नहीं रोक सकता। मुझे फिल्म की चिन्ता है। मैं जहाँ तक जानता हूँ, अभी भी जगू उस्ताद के साथ तुम्हारी काफी शूटिंग बाकी है।"

"वह तो है ही, मेरे अपहरण के बाद उनके ठिकाने में मेरे तीन शॉट हैं। वे मेरे ऊपर जुल्म करेंगे, ठीक से खाना नहीं देंगे, मुझे एक कपड़े में दिन गुजारना पड़ेगा। इनमें से एक भी शॉट अब तक नहीं लिया गया है।"

"हूँ!"

फिल्म से केष्टोदा का इतना लगाव है, यह जानकर मुझे अच्छा लगा था।

आठवें दिन पता चला कि यह चिन्ता सही थी। उस दिन सुबह नौ बजे राजमहल में काम था। मेरे साथ जो सज्जन फिल्म में दीवान जी की भूमिका कर रहे थे, उनका शॉट था। पुलिस ने गुंडों की तलाश शुरू कर दी थी। दूसरी तरफ राजकुमार अमृत अपने नए दोस्त का समाचार पाने के लिए बेचैन था। घर के लोगों से कहने से कुछ नहीं हो रहा था, इसे देखकर वह खुद इन्स्पेक्टर को फोन करके पूछता है। इस शॉट को लेने में एक घंटे से अधिक समय नहीं लगना चाहिए। उस दिन का बाकी काम गुंडों के ठिकाने पर था।

सुबह साढ़े सात बजे सामान और कुछ लोगों को लेकर बस रवाना हो गई। बिशुदा भी उसी बस में चले गए थे। बाकी लोग आठ बजे कार से जानेवाले थे। बीस मिनट के बाद देखा, बिशुदा एक ऑटो रिक्शा से वापस चले आए। राजमहल में कल रात एक भयानक घटना घट गई थी।

राजमहल में कल रात डाका पड़ा था। मिस्टर लोहिया के सिर पर डण्डा मारकर उन्हें बेहोश करके उनके तकिये के नीचे से चाबी निकालकर डाकू सन्दूक खोलकर उनकी नीलकान्त मणि निकाल ले गए थे। मिस्टर लोहिया की पत्नी साथवाले कमरे में अपने दो पोतों को लेकर सोती थीं। उन्हें कुछ पता नहीं चल पाया था। भोर में स्वस्थ होने के बाद अपनी पता चलने पर मिस्टर लोहिया ने यह बात पत्नी को नींद से जगाकर बताई थी।

बिशुदा ने यह भी बताया था कि घर का एक नौकर विक्रम लापता था। वह मिस्टर लोहिया के खास बेयरा शत्रुघ्न के बदले एक महीने के लिए आया था। पुलिस वहाँ पहुँचकर सबसे पूछताछ कर रही थी। राजमहल में और तीन दिन का काम बाकी रह गया था, जिसे सारा काम पूरा होने के बाद अन्त में करना था।

मैंने हड़बड़ाकर नीचे जाकर बिशुदा से पूरी घटना सुनी। केष्टोदा भी उसी कमरे में थे। उन्होंने केवल एक बार मेरी तरफ देखा। मैं जानता था। इसमें हम दोनों कुछ भी नहीं कर सकते थे। जबकि हम लोग सबकुछ जानते थे। फिल्म के पचीस लोगों में से केवल मैं और केष्टोदा ही जानते थे कि असली बात क्या है, नीलकान्त मणि कहाँ और किसके पास है।

नौ

गुंडों के अड्डे की शूटिंग शाम के साढ़े चार बजे पूरा करके बिशुदा बोले, "चल अंशु, एक बार जाकर मिस्टर लोहिया का हालचाल ले आते हैं। वह कैसे हैं यह जानना जरूरी है।"

बिशुदा, सुशील बाबू, शंकर मल्लिक, सुकान्त बाबू और मैं एक गाड़ी में बैठकर राजमहल पहुँचे।

महल के अन्दर-बाहर दोनों जगह पुलिस का पहरा था। बँगले का चेहरा ही बदल गया था। बँगले के सभी लोगों का चेहरा बहुत गम्भीर था। सभी के व्यवहार बदल गए थे। सबकी चाल में मुर्दनी थी। वे आपस में बातें फुसफुसाकर कर रहे थे। उन्हें देखकर लग रहा था जैसे बँगले के सभी लोग शोक में डूबे हुए थे। उस पर आज आसमान में बादल घिरे थे।

बस इतनी गनीमत थी कि मिस्टर लोहिया के जख्म गहरे नहीं थे। वह

पहली मंजिल में आरामकुर्सी पर पट्टी बाँधकर बैठे फल का जूस पी रहे थे। हम लोगों के बैठने के लिए कहकर पास खड़े नौकर से सबके लिए शर्बत लाने के लिए कहा। सुशील बाबू ने उनसे कहा, "हम लोग आपको बिल्कुल परेशान नहीं करना चाहते हैं। इस दुर्घटना की खबर सुनकर बस आपका हालचाल पूछने आए हैं।"

"आई एम मच बेटर।" मिस्टर लोहिया बोले, "क्या किया जाए, कहिए? इनसान की जिन्दगी एक-सी तो नहीं गुजरती है। मेरी किस्मत में यह लिखा था, कौन रोक सकता था! अफसोस केवल इतना है कि इतने हीरे-जवाहरात रहते हुए भी चोर मेरा प्रिय हीरा ही ले गया।"

"क्या यह आपके उस नौकर की करतूत हो सकती है?" सुशील बाबू ने पूछा।

"जब वह भाग गया है तो यही समझना चाहिए। लेकिन वह आदमी ऐसा कर सकता है, मैं पहले नहीं समझ पाया था। वह किसी की जगह पर आया था और काम भी ठीक कर रहा था। न जाने अचानक क्या गड़बड़ हो गया।"

"वह क्या सचमुच भाग गया है?"

"लगता तो ऐसा ही है। इस तरह के गलत काम के बाद क्या वह इस शहर में रहेगा? मुझे तो इसका अफसोस है कि आज आप लोगों का काम नहीं हो पाया। असल में नौकरों ने काम बन्द करवा दिया था। अगर मुझे पता होता तो मैं ऐसा नहीं होने देता। अगर आप लोग चाहें तो कल सुबह से काम शुरू कर सकते हैं। मुझे कोई असुविधा नहीं होगी।"

"उसकी कोई जल्दी नहीं है, आप पहले ठीक हो जाइए, इस बीच हम लोगों का दूसरी जगह काम है।"

शर्बत पीकर हम सब उठ गए। सर्किट हाउस में पहुँचे तो छह बज रहे थे। मैं अपने कमरे में जाकर नहाने की तैयारी करूँ या नहीं, यही सोच रहा

था। उसी समय केष्टोदा आए, उनका चेहरा गम्भीर था।

"क्या हुआ केष्टोदा?"

"मेरा काम कब खत्म हो रहा है तुम्हें कुछ पता है?" केष्टोदा ने पूछा।

मैंने कहा, "चौबीस तारीख तक, लेकिन आप क्यों पूछ रहे हैं?"

"जगू उस्ताद का काम क्या चौबीस तारीख के बाद भी है?"

"नहीं, चौबीस की सुबह उनका काम पूरा हो जाएगा। उसी दिन शाम को वे वापस चले जाएँगे।"

"तुम अच्छी तरह जानते हो?"

"हम लोगों के काम की तालिका बैठक की दीवार पर ही चिपकी हुई है। उसे एक बार देखने से पूरी स्थिति स्पष्ट हो जाएगी। लेकिन आप क्यों पूछ रहे हैं?"

"कारण, उसका काम पूरा होने से पहले मेरे चले जाने से परेशानी होगी। उसका काम पूरा न होने तक मैं कुछ नहीं कह सकता हूँ। चौबीस तारीख को उसके वापस जाने से पहले मुझे जो कुछ करना होगा, मैं करूँगा। मेरे पास कुछ घंटे ही रहेंगे। बड़ी मुश्किल है।"

केष्टोदा के यहाँ आने का कारण मैं समझ रहा था। वे खीजते हुए बोले, "परेशानी क्या है जानते हो? मेरे बताने पर लोग मेरी बातों पर यकीन करेंगे, इसकी कोई गारण्टी नहीं है।"

मैं केष्टोदा को ढाढ़स बँधाने की सोच रहा था लेकिन ऐसा कर नहीं पाया। तभी वहाँ जगू उस्ताद पहुँच गए थे।

जगू उस्ताद व्यंग्य से हँसते हुए बोले, "दोनों में लगता है काफी दोस्ती हो गई है। अरे भाई, तुम्हीं लोगों को देखकर सिनेमाहाल में तालियाँ बजेंगी। हमारी तकदीर में तो दुआ के सिवा कुछ नहीं है। लेकिन मानना होगा, तुम लोगों का काम है फर्स्ट क्लास, मास्टर अंशु का तो जवाब नहीं, और स्टंटमैन भी जोरदार हैं।"

"आप यह क्या कह रहे हैं जगूदा! आप जिस फिल्म में रहते हैं, उस फिल्म के टिकट आपके नाम से ही बिकते हैं, मैंने तो यही सुना है।"

जगू उस्ताद जैसे अचानक गर्वित हो गए।

"मैं खलनायक का काम पिछले ग्यारह सालों से कर रहा हूँ। विलेन

का काम करने में बहुत काबिलियत चाहिए केष्टो भैया! यह तुम्हारी कलाबाजी नहीं है। अच्छा अभिनय करना और जिमनास्टिक करना एक चीज नहीं होती।"

केष्टोदा हँसते हुए विनम्रता से बोले, "मैं इस बात को अस्वीकार नहीं कर रहा उस्ताद जी! आपका नाम तो फिल्म की टाइटल में बड़े अक्षरों में लिखा रहता है। मेरा नाम तो रहता ही नहीं, हमारे काम में और कुली के काम में कोई फर्क नहीं है।"

केष्टोदा इतना विनम्र हो सकते हैं, शायद जगू उस्ताद को इसका अन्दाजा नहीं था। वे थोड़ा अकचकाकर प्रसंग बदलकर बोले, "जानते हो मास्टर अंशु, अफसोस यह है कि उतनी बड़ी मणि चोरी हो गई और मैं उसे देख भी नहीं पाया। केवल तुम लोगों से सुनकर दूध का स्वाद छाछ से पूरा करना पड़ा। हालाँकि मणि किसने ली है, यह तो पता ही है।"

"इसका मतलब?" मैं बिना पूछे रह नहीं पाया था।

"वह नौकर विक्रम, एक नम्बर का बदमाश है।"

"आपको कैसे पता?" जगू उस्ताद के कहने का मतलब क्या था, मैं समझ नहीं पा रहा था।

"जानूँगा क्यों नहीं। हम लोग शराब की दुकान में जाते हैं, वहाँ सब तरह के लोगों से बातचीत, मेलजोल करना पड़ता है। वहाँ वह भी एक दिन दुकान में आया था। मुझे पटाने की कोशिश कर रहा था। नशे में धुत्त होकर कह रहा था—मेरे मालिक के पास एक महँगा पत्थर है, अगर तुम्हें वह ला दूँ तो मुझे कितने रुपये दोगे? सोचा होगा फिल्म अभिनेता है, करोड़पति न भी हो, लखपति तो जरूर होगा। साले को दुकान के बाहर खींच लाया, फिर गले की तावीज पकड़कर अपने मुँह के पास उसका सर खींचकर बोला, "फिर अगर ऐसी बात की तो सीधा पुलिस को पकड़वा दूँगा।"

"अगर आप वैसा करते तो अच्छा होता। तब यह अघटन नहीं घटता।" केष्टोदा ने कहा।

"वह पत्थर तो अब उसके पास नहीं है।" जगू उस्ताद बोले, "उसे दूसरे किसी को देकर मोटी बख्शीश लेकर फरार हो गया है साला विक्रम। पुलिस को अगर अक्ल होगी तो वे यहाँ के सभी प्रतिष्ठित हीरे-जवाहरात के दुकानों पर छापा मारेंगे। कौड़ियों के मोल उतना कीमती पत्थर मिलने पर वे उसे खुशी-खुशी खरीद लेंगे। बीस लाख के पत्थर के बदले हजार-दो हजार मिलने पर भी विक्रम खुश हो जाएगा। एक मामूली नौकर की माँग इससे अधिक क्या हो सकती है!"

जगू उस्ताद अपनी बात पूरी करके 'गुडनाइट' कहकर चले गए थे। मैं थोड़ा हिचकिचाकर केष्टोदा की तरफ देखने लगा।

केष्टोदा चुप हो गए थे। दो बार इधर-उधर सर झटककर बोले, "सब गड़बड़ लग रहा है। कई बार लगता है शायद मैंने ही गलत सुना होगा। हाँ, अगर वैसा हो तो अच्छा ही है, क्योंकि अगर यह साबित हो जाए कि जगू उस्ताद ने वह पत्थर विक्रम से लिया है तो फिल्म अभिनेता बदनाम होंगे, यह अच्छा नहीं होगा।"

"नहीं, ऐसा नहीं होगा।"

दस

उस घटना के बाद कई बार मैं अपना संवाद भूल जाने के कारण 'एन. जी.' हुआ था। 'एन. जी.' का मतलब 'नाट गुड' मतलब शॉट दोबारा लेना होगा। शॉट अगर ठीक होता है तो ओ.के. होता है। एक शॉट पूरा होते ही डायरेक्टर कह देते हैं ओ.के. या एन. जी.। सुशील बाबू ने एक बार मुझसे पूछा भी था, "अंशु, तुम्हारी तबीयत तो ठीक है?"

उन्होंने बहुत ही विनम्रता से यह बात कही थी, लेकिन मुझे बहुत शर्म आ रही थी। कारण और कुछ नहीं। मैं नीलकान्त मणि की बात भूल नहीं पा रहा था। इसीलिए सबकुछ गड़बड़ा रहा था। खासकर जगू उस्ताद की बातें बार-बार याद आ रही थीं और लग रहा था जगू उस्ताद निर्दोष है। उनकी बातें ही ठीक हैं। केष्टोदा ने उलटा-सीधा सुन लिया होगा।

उस नीलकान्त मणि की बात भुलाकर ठीक तरह अभिनय करने में

मुझे दो दिन लग गए थे। उसके बाद फिर 'एन. जी.' नहीं हुआ था।

इन्स्पेक्टर माहेश्वर को मामले की छानबीन करने में काफी परेशान होना पड़ रहा था। वह नौकर शहर छोड़कर भाग गया था लेकिन वह कहाँ छुपा था, लाख कोशिशों के बावजूद पुलिस उसका पता नहीं लगा पा रही थी।

तेईस तारीख की सुबह फिर मोहन के घर में शूटिंग थी। इन्स्पेक्टर सूर्यकान्त मोहन को गुंडों के चंगुल से मुक्त कराकर उसके पिता को सौंप देते हैं और पिता बेटे को अपने सीने से लगा लेते हैं।

यह शूटिंग इन्स्पेक्टर माहेश्वर अपनी पत्नी और बेटी के साथ देखने आए थे। बिशुदा के पूछने पर उन्होंने बताया—"चोर अभी तक पकड़ा नहीं गया है। लेकिन विक्रम अच्छा आदमी नहीं था, इसका सबूत हम लोगों को मिल गया है। वह बाजार जाने के बहाने शराब के ठेके में जाकर शराब पीता था। जिस दिन चोरी हुई थी, उस दिन भी वह शराब के ठेके पर गया था।"

आज चौबीस तारीख—बहुत महत्त्वपूर्ण दिन था। आज केष्टोदा मुझे मोटरसाइकिल पर बिठाकर नाला पार करेंगे। उस दृश्य को कैमरे में कैद करने के लिए दो अतिरिक्त व्यक्ति कैमरा लेकर मुम्बई से आए थे। सर्किट हाउस में कमरे खाली थे इसलिए वे दोनों वहीं ठहरे थे। मोटरसाइकिल से नाला पार करने के दृश्य को बार-बार करना खतरनाक हो सकता था इसलिए उस दृश्य को एक ही बार में तीन कैमरों में तीन जगहों से एक साथ कैद किया जाना था। एक फोटो चढ़ाई से आगे बढ़ते समय, दूसरा नाला पार करते समय और तीसरा दूसरी तरफ ढलान में उतरते समय।

हालाँकि उस दृश्य से पहले सभी के दूसरे काम थे। उसमें तीन गुंडे और पुलिस का काम था। पुलिस द्वारा छगनलाल और उनके साथियों के गिरफ्तार करने का दृश्य। इन्स्पेक्टर माहेश्वर ने स्थानीय पुलिस के लोग भी दिए थे। उन्हें ही शूटिंग में पुलिस का काम करना था। अब मुझे यकीन होने लगा था कि केष्टोदा ने ही गलत सुना होगा। जगू उस्ताद बेकसूर हैं। विक्रम

उसे फुसला रहा था लेकिन वह सहमत नहीं हुए थे। अच्छा हुआ कि जगू उस्ताद पर आरोप नहीं लगाया है, नहीं तो बड़ी असहज स्थिति हो जाती।

एक परेशानी की बात यह थी कि आज सुबह से आसमान में बादल घिरे थे। साथ ही तेज हवा भी चल रही थी, बीच-बीच में बादल छँटकर धूप निकल आती थी। शाम को नाला पार करने के शॉट के समय धूप होना जरूरी था। कारण मोटरसाइकिल के सारे शॉट धूप में ही लिखे गए थे। मैं समझ गया था कि यहाँ भी उसी कण्टिन्यूटी की जरूरत थी। धूप में लिए सारे शॉट के बीच बादलों वाला एक शॉट बहुत बुरा लगेगा, इसलिए सुबह से भगवान से प्रार्थना कर रहा था कि शाम तक बादल छँटकर धूप निकल आए।

दोपहर के भोजन के बाद एक गाड़ी में मैं, केष्टोदा और दो मेकअप मैन और दूसरी गाड़ी में दो नए कैमरे, दो कैमरामैन और उनके सहयोगी नाले की शूटिंग के लिए रवाना हो गए। बाकी लोग सुबह ही गुंडों के शॉट के लिए निकल गए थे। वे लोग सीधे वहीं से नाले के शॉट के लिए पहुँचनेवाले थे।

जाते समय रास्ते में अचानक मैंने देखा हम लोगों की तीसरी गाड़ी में जगू उस्ताद और दो-तीन लोग शूटिंग के बाद सर्किट हाउस लौट रहे थे। मतलब छगनलाल का काम पूरा हो गया था।

पहले की तरह आज भी नाले तक पहुँचने में बीस मिनट लगे थे। मोटर साइकिल पहले ही बस के छत पर रखकर पहुँचा दिया गया था। केष्टोदा देर किए बिना मोटरसाइकिल पर चढ़ गए थे। जो पहले आ गए थे, वे लंच में पूरी-सब्जी खा रहे थे। केष्टोदा बोले, "एक बार मैं नाला पार करके देखता हूँ, रफ्तार का अन्दाजा लगा लेना पड़ेगा।"

मैंने पूछा, "मेरे आने की जरूरत है?"

केष्टोदा सिर हिलाकर बोले, "तुम बैठोगे शॉट लेते वक्त।"

रास्ते के दाईं तरफ कुछ दूर एक इमली का पेड़ था। उसी के नीचे

बैठकर सब लोग भोजन कर रहे थे। केष्टोदा ने चिल्लाकर सबसे कह दिया था, "मैं एक बार रिहर्सल कर लेता हूँ। आज ही उनका आखिरी शॉट था। इसके बाद उन्हें मुम्बई वापस लौट जाना था। हो सकता है फिर कभी उनसे भेंट न हो। यह सोचकर मुझे बहुत बुरा लग रहा था। केष्टोदा ने कुछ दूर जाकर नाले के पास सड़क पर मोटरसाइकिल खड़ी कर दी थी।

"नाले के पास तो कोई नहीं है?" केष्टोदा ने चिल्लाकर पूछा था।

बिशुदा भोजन परोस रहे थे। उन्होंने चिल्लाकर कहा, "नहीं, सब लोग यहाँ हैं।"

मैं दौड़कर रिहर्सल देखने के लिए नाले के पास चला गया था। फिर चिल्लाकर कहा, "केष्टोदा, आ जाइए।"

फिर वही तेज आवाज, अचानक झाड़ियों के पीछे से निकलना, वही साँस रोकनेवाली छलाँग, सबकुछ जादू की तरह।

लेकिन यह क्या हो गया, उस पार जाकर मोटरसाइकिल को क्या हो गया? वह ढलान पार करने के बाद गिर पड़ी थी। और केष्टोदा छिटककर झाड़ियों के पीछे जाकर गिरे थे।

"बिशुदा!"

शोर मचाना रोककर मैं जूता मोजा पहने ही नाला पार करके दूसरी तरफ पहुँच गया था।

मोटरसाइकिल अभी भी उसी तरह पड़ी हुई थी। उसका एक पहिया तेज गति से घूम रहा था। और केष्टोदा सड़क पर से उठकर धूल झाड़ रहे थे।

"मैं स्टंटमैन था इसलिए आज बच गया हूँ अंशु बाबू, दूसरा कोई होता तो...।"

"चोट तो लगी होगी।"

"झाड़ी की वजह से बच गया हूँ, नहीं तो मेरे सर पर निश्चित ही चोट लगती।"

"गिरने का कारण यह था कि किसी ने सड़क में गड्ढा खोद दिया है। फिर मिट्टी से हल्का ढककर ऊपर से कुछ कंकड़-पत्थर डाल दिया है। इसे देखकर ही जरूर समझ रहे होगे। इसलिए मोटरसाइकिल उतरते ही मिट्टी में धँस गई।"

मेरी आवाज सुनकर बिशुदा के साथ सब लोग वहाँ पहुँच गए थे। मामला देखकर सभी की आँखें फटी रह गई थीं।

"लेकिन ऐसा किया किसने?" सुशील बाबू ने पूछा, "किसी से आपकी दुश्मनी तो नहीं, जो आपको इस तरह नुकसान पहुँचाना चाहता हो।"

केष्टोदा के गाल और गर्दन पर खरोंच आ गए थे। मेरे पास फर्स्ट-एड बॉक्स था, उसमें से चोट पर दवाई लगा दी थी।

सुशील बाबू ने दोबारा पूछा, "आपको अन्दाजा है कि यह काम कौन कर सकता है?"

केष्टोदा ने कहा, "हाँ है। लेकिन ऐसी धारणा क्यों है, यह बताने के लिए मुझे बहुत कुछ बताना होगा। मैं केवल इतना कहता हूँ जगू उस्ताद नाम के आपके जो अभिनेता हैं, उनका कोलकाता जाना आप रोक दीजिए।"

मैंने देखा बिशुदा को यह बात अच्छी नहीं लगी थी। वे बोले, "आपके केवल इतना कहने से नहीं चलेगा। आप क्यों ऐसा करने का आग्रह कर रहे हैं, यह हम लोगों को जानना होगा। आप इसका कारण बताइए। बेवजह दल के किसी सदस्य पर आरोप लगाने का कोई मतलब नहीं होता। उनके साथ क्या आपकी कोई कहा-सुनी हो गई है?"

केष्टोदा को अलबत्ता पूरी बात बतानी पड़ी।

मैं अब समझ गया था, केष्टोदा का कहना ही ठीक था। लेकिन बिशुदा ने उनकी बात को ज्यादा महत्व नहीं दिया था।

बिशुदा बोले, "देखिए कैप्टन, रोज शाम को जगू उस्ताद शराब पीते

हैं, यह हम सभी जानते हैं। लेकिन उसके विरुद्ध चोरी का आरोप किसी ने नहीं लगाया है। ऐसे लोग जो भी फिल्मों में काम कर रहे हैं और काम वे अच्छा करते हैं। इसे नकारा नहीं जा सकता है। आप मुम्बई से आकर कोलकाता के किसी अभिनेता पर इतना बड़ा आरोप लगाएँगे, यह हम लोगों से बर्दाश्त नहीं होगा। आपने शराब की दुकान में उन्हें जो कहते हुए सुना है, इसे हम मानने को तैयार नहीं हैं। आप नशा नहीं करते हैं, इस बात का क्या सबूत है?"

केष्टोदा बोले, "कभी मैं भी एक-आध बार पी लेता था, इस बात से मैं इनकार नहीं करता। लेकिन एक बार एक स्टंट गड़बड़ा जाने के बाद मैंने पिछले पाँच सालों में शराब को एक बार भी हाथ नहीं लगाया। मैंने जो

कुछ सुना है, सही सुना है, उसमें कुछ गड़बड़ नहीं है। अब आप उस पर यकीन करें या न करें, यह आपकी मर्जी। और आज इस दुर्घटना के बाद मैं यकीन के साथ कह सकता हूँ, वह नीलकान्त मणि जगू उस्ताद के पास ही है। मैंने उसकी बात सुन ली थी। इसलिए इस तरह मुझे मारने के लिए उसने गड्ढा खुदवाया है।"

सुशील बाबू अत्यन्त चिन्तित दिख रहे थे। अब वे बोले, "जो कुछ भी हो, अब देखना है, यहाँ मोटरसाइकिल चलाना सम्भव है या नहीं। शॉट तो हम लोगों को लेना ही होगा। और यहीं लेना होगा, क्योंकि दूसरी कोई सड़क इस तरह नाले तक नहीं पहुँचती।"

"शॉट लेना कोई मुश्किल नहीं है। लेकिन उस गड्ढे को मिट्टी और पत्थर से अच्छी तरह से भरना होगा। भीतर से पूरी तरह खोखला होने के कारण ही मोटरसाइकिल उसमें धँस गई थी।"

आधे घंटे के अन्दर सबने मिलकर गड्ढा भर दिया था। घड़ी में ढाई बज रहे थे, "तो अब शॉट लिया जाए?"

"नहीं, अभी नहीं, क्योंकि आसमान बादलों से घिर गया है। चारों तरफ अँधेरा छा गया है, यहाँ तक कि अगर बारिश भी शुरू हो जाए तो कोई आश्चर्य की बात नहीं है।"

मैं जानता था कि धूप निकलने से पहले शॉट नहीं हो सकता था। मैं केष्टोदा को अकेला पाकर उनके पास जाकर फुसफुसाकर बोला, "जगू उस्ताद पौने छह बजे सर्किट हाउस से रवाना होगा, साढ़े छह बजे उसकी गाड़ी है।"

केष्टोदा ने मेरी बात का कोई जवाब नहीं दिया। मैंने उन्हें तसल्ली देने के लिए उनकी पीठ पर अपना हाथ रखा। बिशुदा ने उनके साथ इस तरह बातें करके अन्याय किया था।

इस बार केष्टोदा ने जबान खोली। उनकी आवाज भारी थी और वे बहुत गंभीर थे।

उन्होंने कहा, "मुझसे कुछ मत कहो, मैं समझ गया हूँ, किसी की भलाई करना मूर्खता है। अगर मुम्बई होता तो लोग मेरी बात पर यकीन करते।"

मैं डर रहा था, केष्टोदा शायद गुस्से के कारण शूटिंग ही न करें। मैंने मजबूरन उनसे पूछा, "केष्टोदा आप बाकी काम करेंगे?"

"देखते हैं।" कहकर केष्टोदा चुप हो गए। बारिश नहीं हुई थी। लेकिन बादल भी नहीं छँटे थे। हवा बन्द हो चुकी थी। इसलिए बादल छँटने का नाम नहीं ले रहे थे। मेरी नजर बार-बार आसमान की तरफ चली जा रही थी। अकेला मैं ही क्यों, हमारे दल के सभी उस एक शॉट के लिए बार-बार आसमान की तरफ देख रहे थे। सूरज कहाँ था, कभी-कभी बादल हल्का होने के कारण पता चलता था। उजाला भी हो रहा था लेकिन धूप नहीं निकल रही थी। कैमरामैन अपने काम के लिए एक काले रंग के काँच का इस्तेमाल करते हैं, जिसे एक फीते से वे गले में लटकाए रहते हैं। धीरेश बोस बार-बार उस काँच के भीतर से आसमान को देख रहे थे।

साढ़े चार।

अचानक देखा, केष्टोदा मोटरसाइकिल को खींचते हुए नाले के उस पार ले गए। कारण शॉट में मोटरसाइकिल को उस पार से इस पार आना था। मुझे थोड़ा बल मिला। लग रहा था, केष्टोदा का गुस्सा थोड़ा शान्त हुआ है। उनकी नाराजगी स्वाभाविक थी। दुर्घटना के बाद से मुझे यकीन था कि इस बदमाशी के मूल में जगू उस्ताद का ही हाथ है। नीलकान्त मणि चुराकर विक्रम ने जगू उस्ताद को दे दिया होगा। केष्टोदा ने उसकी चाल समझ ली थी। जगू उस्ताद ने किसी तरह यह जान लिया था और उसी का बदला लेने के लिए कल कुछ लोगों से गड्ढा खुदवाकर मिट्टी से ढाँक दिया था। लेकिन बिशुदा ने केष्टोदा की बातों पर यकीन नहीं किया। अकेले बिशुदा क्यों, किसी ने नहीं किया। वे स्टंटमैन हैं। इसका मतलब क्या। उनकी बात पर यकीन नहीं किया जा सकता?

इस बीच मैंने अमृत के कपड़े पहन लिए और यह देखकर आश्वस्त हुआ था कि केष्टोदा ने भी मूँछें लगाकर इन्स्पेक्टर के कपड़े पहन लिए थे। केष्टोदा के तैयार होते ही दल के चार-पाँच लोग एक साथ चिल्लाए—"धूप निकल आई है।"

आसमान की तरफ नजर घुमाकर देखा सचमुच बादल छँट गए थे। सूर्य के साथ नीला आसमान भी नजर आ रहा था। कम-से-कम पाँच मिनट तक तो ऐसा रहना ही था।

"कैमरा रेडी!" यह आवाज स्वयं डायरेक्टर सुशील मित्र की थी।

तीन जगहों पर तीन कैमरे—रास्ते के दोनों तरफ और नाले के पास तैयार करके बहुत पहले से रखे हुए थे। अब तीनों कैमरामैन भी रेडी हो गए थे।

"चलो मास्टर अंशु!" गम्भीर आवाज में केष्टोदा बोले।

मैं और केष्टोदा मोटरसाइकिल पर बैठ गए थे।

"कैमरा स्टार्ट हो जाने पर चिल्लाकर कहना," सुशील बाबू ने कहा, "उसके बाद मोटरसाइकिल स्टार्ट होगी।"

इस बार केष्टोदा मोटरसाइकिल को पहले से भी दूर ले गए, इससे पहले इतनी दूर से स्टार्ट नहीं किया था। इसका मतलब इस बार और तेज मोटरसाइकिल चलाएँगे? मुझे केष्टोदा से यह बात पूछने की इच्छा हो रही थी, लेकिन अभी इन बातों के लिए वक्त नहीं था।

"सब तैयार हैं?" सुशील बाबू ने चिल्लाकर पूछा। तीनों कैमरामैन और केष्टोदा बोले, "रेडी।"

मैंने कैरियर पर बैठकर दोनों हाथों से केष्टोदा की कमर को पकड़ रखा था।

"आज रफ्तार और बढ़ा दूँगा।"

दाँत भींचकर वे अपने आपसे बोले, "कसकर पकड़कर बैठना। डरने की कोई बात नहीं है।"

"स्टार्ट कैमरा!"

तीनों कैमरामैन एक साथ बोले—"रनिंग।"

और चार-पाँच सेकेंड में आवाज आई—"स्टार्ट बाईक।"

तेज आवाज में गरजकर एक झटका देकर मोटरसाइकिल चल पड़ी। आज मैंने अपनी आँखें बन्द नहीं की थीं। आज मैं आँख खोलकर सब देखना चाहता था। पिछली बार से डेढ़ गुनी तेज रफ्तार से तीर की तरह मोटरसाइकिल चढ़ाई पर चढ़ गई थी।

अब मुझे लग रहा था पूरी दुनिया जैसे नीचे उतर गई थी, मोटरसाइकिल शून्य में थी। हवा भी काफी तेज बह रही थी।

शून्य में आगे बढ़कर अब मोटरसाइकिल नीचे उतर रही थी। पृथ्वी दोबारा ऊपर आ गई थी।

अब मैं रफ्तार बढ़ाने का कारण समझ गया था। केष्टोदा गड्ढा पार करके सख्त जमीन पर मोटरसाइकिल उतारनेवाले थे। मुझे बैठाकर वह किसी तरह के खतरे में नहीं पड़ना चाहते थे।

एक तेज झटके के साथ मोटरसाइकिल जमीन पर उतरी। बहुत दूर से आवाज आई—"ओ.के.!"

इसका मतलब तीनों कैमरों में शॉट ठीक-ठाक आ गया था।

लेकिन यह क्या! मोटरसाइकिल रुक क्यों नहीं रही थी?

केष्टोदा कहाँ जा रहे थे?

मन में यह सवाल आते ही मुझे उसका जवाब भी मिल गया।

बिशुदा चाहे कुछ भी कहें, केष्टोदा अपने यकीन से काम कर रहे थे।

नाला सर्किट हाउस से चौदह किलोमीटर दूर था। तेज रफ्तार से मोटरसाइकिल चलाकर दस मिनट में अजमेर पहुँचकर एक लालबत्ती पर पहुँचते ही एक ट्रैफिक पुलिस के पास अपनी गाड़ी रोक दी थी। केष्टोदा ने फिर पुलिसवाले से पूछा, "थाना किधर है?"

पुलिस के समझा देते ही मोटरसाइकिल दोबारा तेज रफ्तार से चलने

लगी थी, कितनी रफ्तार थी उसकी—अस्सी, नब्बे? मुझे इसका अन्दाजा नहीं था। मैं केवल इतना जानता था कि इससे पहले मैं इतनी तेज रफ्तार की गाड़ी पर नहीं बैठा था। हवा की सनसनाहट से मेरे कान बन्द हो रहे थे। मेरे रोंगटे खड़े हो गए थे।

पुलिस स्टेशन आ गया था।

तीन मिनट के अन्दर इन्स्पेक्टर माहेश्वर से भेंट हो गई थी। मुझे देखते ही उन्होंने मुझे पहचान लिया था। केष्टोदा को इन्स्पेक्टर के कपड़ों में देखकर वे हँस पड़े थे।

"आप लोगों को क्या चाहिए?"

"लोहिया जी की नीलकान्त मणि," केष्टोदा बोले, "मैं जानता हूँ कहाँ है। एक जीप लेकर मेरे साथ चलिए। अगर मेरा कहना गलत हो, तो आप मुझे जेल में डाल दीजिएगा?"

शायद केष्टोदा के बोलने के लहजे से ही माहेश्वर जी तैयार हो गए थे।

"ठीक है, मैं आपके साथ चल रहा हूँ?"

"सर्च वारेण्ट ले लीजिएगा।"

"ओ. के.।"

मोटरसाइकिल पर बैठते ही मैंने केष्टोदा की कलाई घुमाकर एक बार उनकी घड़ी देख ली थी। छह बजने में दस मिनट बाकी थे। जगू उस्ताद जरूर स्टेशन के लिए निकल चुके होंगे।

बाहर अँधेरा था।

रास्ते में आश्चर्यजनक तरीके से ट्रैफिक से बचते हुए केष्टोदा बिजली की गति से स्टेशन की तरफ जा रहे थे। पीछे पुलिस की जीप थी, मोटरसाइकिल के साथ ताल मिलाकर जीप भी भाग रही थी। बार-बार हॉर्न बजाकर बीच सड़क से भीड़ को हटने की चेतावनी दी जा रही थी।

स्टेशन पहुँच गए। कितने बजे थे। थाने से निकले पाँच मिनट भी नहीं हुए थे।

स्टेशन के बाहर मोटरसाइकिल और जीप दोनों खड़ी हो गईं।

"वह रहे जगू उस्ताद!" मैं चिल्लाया।

वे भी अभी-अभी स्टेशन पहुँचे थे। ऑटो रिक्शा से उतरकर कुली के सर पर माल लदवा रहे थे।

"दैट इज द मैन!" जगू उस्ताद की तरफ अँगुली से इशारा करते हुए केष्टोदा ने माहेश्वर से कहा।

माहेश्वर जगू उस्ताद की तरफ बढ़ गए। उनके हाथ में पिस्तौल थी।

ग्यारह

जगन्नाथ दे उर्फ जगू उस्ताद ने भागने की कोशिश की थी लेकिन सफल नहीं हुए थे। दोनों तरफ से दो पुलिसवालों ने आकर उन्हें पकड़ लिया। उसके पास से ही मिस्टर लोहिया की नीलकान्त मणि मिली थी, यह शायद अब कहने की आवश्यकता नहीं थी। मणि मिल जाने से मिस्टर लोहिया इतना प्रसन्न हुए थे कि उन्होंने केष्टोदा को दो हजार रुपये पुरस्कार भी दिया। ऐसा होगा, यह मैं जानता था। केष्टोदा स्टंटमैन अवश्य थे लेकिन मणि खोजने का स्टंट पहले नहीं किया था।

बिशुदा को सबसे ज्यादा दु:ख हो रहा था—“उस दिन अनजाने में मैंने आपको कितना भला-बुरा कहा था। आप उसका बुरा नहीं मानेंगे, आशा करता हूँ।”

“मैं बिल्कुल बुरा नहीं मानूँगा क्योंकि इस फिल्म में काम करके विशेषकर मास्टर अंशु के साथ काम करके मुझे बहुत खुशी हुई है।”

"मैं आपको एक बात बताना चाहता हूँ।" बिशुदा बोले।

"क्या बात है, कहिए!"

"आप लोगों का नाम तो टाइटल में नहीं जाता है न—मैं वादा करता हूँ, इस बार हमारी फिल्म में आपका नाम अलग से मोटे अक्षरों में दिया जाएगा।"

"फिर तो मेरी एक बहुत पुरानी तमन्ना पूरी हो जाएगी।" केष्टोदा बोले। यह सारी बातें स्टेशन पर हो रही थीं, हम लोगों को कल सुबह अपना काम पूरा करके कल शाम की गाड़ी से वापस जाना था। आज केष्टोदा मुम्बई वापस जा रहे थे। हम उन्हें विदा करने आए थे। केष्टोदा अब मेरी तरफ मुड़े, फिर अपना दाहिना हाथ बढ़ाकर हैंडशेक करके बोले, "मैं तो दस वर्षों से स्टंट कर रहा हूँ, यह मेरे लिए बहुत आसान है, लेकिन तुमने मात्र बारह वर्ष की उम्र में अपनी पहली फिल्म में जिस तरह हिम्मत दिखाई, उस स्टंट का कोई जवाब नहीं है।"

"लेकिन आपसे फिर कब मुलाकात होगी केष्टोदा?"

"जिस दिन यह फिल्म रिलीज होगी, उस दिन। मिस्टर लोहिया के दिए हुए रुपयों से टिकट लेकर मैं यहाँ आ जाऊँगा, नहीं तो बांग्ला फिल्म मुम्बई में देखने को नहीं मिलेगी।"

गाड़ी की सीटी बज गई थी। केष्टोदा कूदकर गाड़ी के पायदान पर चढ़ गए थे।

"चलूँ मास्टर अंशुमान, मेरा पता रख लिया है न!"

"हाँ, हाँ!"

"चिट्ठी लिखना।"

गाड़ी चल पड़ी थी।

"जरूर लिखूँगा केष्टोदा, जरूर लिखूँगा।" जब तक नजर आते रहे वे, मुझे देखते हुए एक हाथ से रॉड पकड़कर बाहर झुककर विदाई में दूसरा हाथ हिलाते रहे।

❑

नया दोस्त

बर्दवान स्टेशन के रेस्त्राँ में उस सज्जन ने खुद ही आकर बातचीत की शुरुआत की। फ्रेंचकट दाढ़ी और मूँछ, तकरीबन मेरी ही उम्र के होंगे—अर्थात चालीस-बयालीस साल के—काफी हँसमुख सहज हावभाव। बारह बज रहे थे, इसलिए मैं अपना लंच निपटा रहा था। दरअसल मैं अपनी नई मारुति वैन से शान्तिनिकेतन जा रहा था। अपने ड्राइवर सन्तोष से भी कह दिया था कि खाना खा ले।

मैं अकेले चार लोगों की टेबल घेरे बैठा था। अभी भात और मीट का आंर्डर दिया ही था कि वे सज्जन मेरी ओर आकार बोले, "आपके पास बैठ सकता हूँ?" मैंने कहा, "वाह! मैं तो अकेला हूँ। मुझे लगता है। आप भी अकेले हैं?"

"जी हाँ।"

"आप कहाँ जा रहे हैं?"

"शान्तिनिकेतन।"

"वाह—ये तो अच्छा हुआ। मैं भी शान्तिनिकेतन जा रहा हूँ। वहाँ मेरे बेटा और बेटी पढ़ते हैं। उन्हें देखने जा रहा हूँ। पत्नी को भी आने का शौक था, लेकिन मेरे ससुर की तबीयत अचानक खराब हो जाने के कारण आखिरकार नहीं आ पाईं। क्या आप वहाँ कुछ दिन रहेंगे?"

"दो दिन," मैंने कहा। मैं वहाँ एक प्लॉट देखने जा रहा हूँ। एक छोटा-सा घर बनाने की इच्छा है, जहाँ बीच-बीच में जाकर रह सकूँ। मैं लेखक हूँ। उपन्यास-फुपन्यास लिखता हूँ।

"आपका नाम—?"

"अमियनाथ सरकार।"

"हाँ याद आया! आपका लेखन तो मैंने पढ़ा है। आप तो जनाब सक्सेसफुल राइटर हैं! कसम से क्या लिखते हैं। एक बार पढ़ना शुरू करो तो छोड़ा नहीं जा सकता।"

"आप शान्तिनिकेतन में कितने दिन रहेंगे?"

"मैं भी वही दो दिन।"

"आपका परिचय—?"

"मुझे नाम से नहीं पहचान पाएँगे। मैं इलेक्ट्रिक सप्लाई कॉर्पोरेशन में नौकरी करता हूँ; नाम जयन्त बोस।"

हम लोगों का खाना आ गया। मैंने देखा, उस सज्जन ने आमलेट और टोस्ट खाया, साथ में एक कप चाय। दस मिनट में खाना खत्म करके फिर रवाना होने की सोच ही रहा था कि उस सज्जन ने कहा, "इतना लम्बा रास्ता अकेले-अकेले क्यों जाएँगे—आप हमारे एम्बेसडर में आइए ना; आपकी गाड़ी पीछे-पीछे आएगी। खूब गप करते-करते जाएँगे।"

ये प्रस्ताव मुझे अच्छा ही लगा। ड्राइवर को हिदायत दे दी और जयन्त बाबू की गाड़ी में बैठ गया। ये गाड़ी भी मोटा-मोटी नई ही लग रही थी। उस सज्जन से पूछा तो बोले, "लगभग एक साल पहले खरीदी थी।" हम लोग वहाँ से लगभग पौने एक बजे रवाना हो गए।

"सिगरेट पीते हैं?" जयन्त बाबू ने पूछा।

"हाँ, पीता हूँ। लेकिन आप मेरी एक सिगरेट पीजिए न।"

"वह तो ठीक है। फिलहाल मेरी वाली ही पी जाए।"

"लग रहा है कि आप मेरा वाला ब्रांड ही पीते हैं! विल्स।"

"जी हाँ। पुरानी आदत है। लेकिन आजकल पीना कम कर दिया है।"

"मैं भी। दिन में एक पैकेट। इससे ज्यादा नहीं।"

"मेरा भी वही हाल है। कैंसर-कैंसर की रट ने काफी डरा दिया है।"

हमारी गाड़ी चलने लगी। अब तक का सफर चुपचाप ही कटा था, अब गपशप का मौका पाकर अच्छा ही लग रहा था।

"आपका मूल निवास कहाँ है?" जयन्त बाबू ने पूछा।

"पैतृक मकान पूर्वी बंगाल में फरीदपुर। लेकिन वह मकान मैंने कभी नहीं देखा। मैं कोलकाता में ही पला-बढ़ा।"

"मैं भी पूर्वी बंगाल का हूँ। नोआखाली। पार्टीशन के समय पिता जी यहाँ आ गए। तब मैं भी निश्चित रूप से शिशु रहा होऊँगा।"

"कोलकाता में कहाँ रहते हैं?"

"न्यू अलीपुर।"

"मैं जनक रोड पर रहता हूँ।"

"पढ़ाई-लिखाई शायद कोलकाता में ही हुई है?"

"हाँ। मित्र इंस्टीट्यूशन और आशुतोष कॉलेज। मेरा साइंस था। पैंसठ में बी.एस.सी. पास किया था।

"लेकिन मैं बी.एस.सी. नहीं बी.ए. हूँ। और मेरा स्कूल था साउथ सब अर्बन मेन और कॉलेज सेंट जेवियर्स।"

"खेलने-कूदने का शौक था?"

"क्रिकेट खेलता था। खेल देखने का बहुत नशा था। तब टेलीविजन नहीं था कि घर बैठे देखेंगे। तब मैदान में जाना पड़ता था। खासकर फुटबॉल देखने।"

"फुटबॉल आपने बता ही दिया है, तो किस टीम को सपोर्ट करते हैं, यह भी जान लिया जाए। ईस्ट बंगाल या मोहनबागान?"

"मोहनबागान। इस मामले में कोई समझौता नहीं हो सकता।"

"आइए, हाथ मिलाते हैं।"

जयन्त बाबू ने सिगरेट को बाएँ हाथ के हवाले किया और दाहिना हाथ बढ़ा दिया। हम दोनों ने हाथ मिलाया। दोनों में इतना मेल देखकर हैरानी हो रही थी। जयन्त बाबू ने कहा, "आपके साथ बात करके वाकई काफी अच्छा लग रहा है। यहाँ तक का सफर अकेले चुपचाप बैठकर काटने से जी हलकान हो गया था। इसके अलावा दोनों में इतनी समानता, ये भी हैरतअंगेज है।"

शान्तिनिकेतन पहुँचे तो साढ़े तीन बज रहे थे। दोनों की बुकिंग बोलपुर टूरिस्ट लॉज में थी। इसके बाद कमरे भी आसपास बिलकुल अविश्वसनीय मामला।

कमरे में माल-पत्तर रखकर हाथ-मुँह धोया और अपने-अपने काम पर निकल पड़े। शान्तिनिकेतन के एक पुराने वाशिन्दे से परिचय था, उन्होंने ही मुझसे प्लॉट की बात की थी। मैं उन्हें साथ लेकर प्लॉट देख आया। पसन्द भी आ गया। प्लॉट के मालिक से भी बात हो गई। थोड़ी पेशगी देकर उस प्लॉट को बुक करवा लिया। उसके बाद अपने परिचित—नाम भवतारण दत्त—के घर जाकर चाय पी और

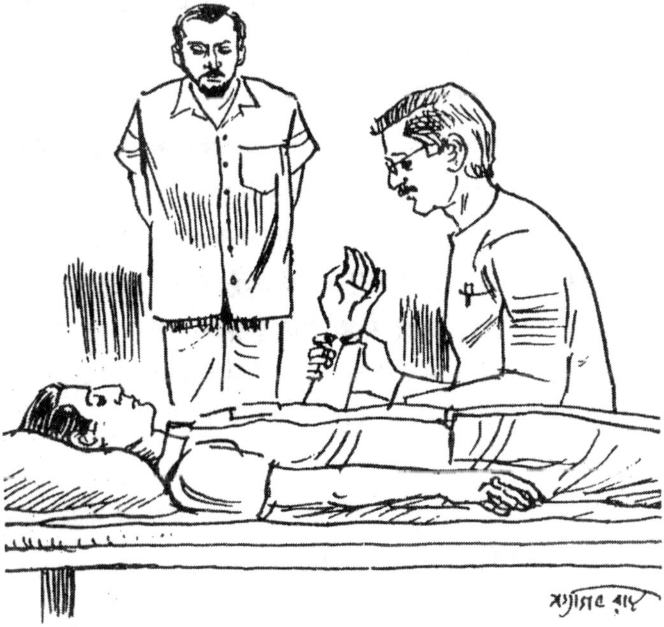

साढ़े पाँच बजे तक लॉज में वापस आ गया। देखा कि जयन्त बाबू अभी नहीं लौटे हैं।

सोच रहा था कि बेयरे को बुलाकर और एक कप चाय देने के लिए कहूँ, उसी समय महसूस हुआ कि सिर में काफी दर्द है। साथ में एस्प्रो थी, एक खाकर बिस्तर पर लेट गया। एक घंटे सोने के बाद भी सिरदर्द ठीक नहीं हुआ। अब लगा कि यह सिर्फ सिरदर्द नहीं है। आँख भी जल रही थी और हरारत महसूस हो रही थी। नाड़ी दबाकर देखा तो काफी तेज चल रही थी। इधर पास में थर्मामीटर भी नहीं था, इसलिए बुखार भी नहीं देख पा रहा था।

ऐसे समय में दरवाजे पर आहट हुई। मैंने ऊँची आवाज में कहा, “अन्दर आ जाइए।”

दरवाजा ठेलते हुए जयन्त बाबू अन्दर आए। मुझे देखते ही उस सज्जन के चेहरे पर उद्विग्नता दिखी।

"ये क्या, आप बिस्तर पर क्यों? बाहर नहीं गए?"

"गया था। काम हो गया है। वापस लौटकर आया तो देखा हरारत महसूस हो रही है। सिर भी दर्द में हो रहा है।"

उस सज्जन ने मेरे सिर पर हाथ रखकर कहा, "ये क्या, आपको तो ज्यादा बुखार है। ठहरिए, मेरे पास थर्मामीटर है।"

वे सज्जन अपने कमरे से थर्मामीटर लेकर आए। पता चला 102 डिग्री बुखार है। जयन्त बाबू बोले, "ठहरिए, खुद ही कुछ डिसाइड करने के बजाय मामले को डॉक्टर के हाथ में देना अच्छा होगा।"

"डॉक्टर—?"

"चिन्ता करने की जरूरत नहीं है। बोलपुर के पास ही डॉक्टर है। मेरा परिचित है। मैं सारा इन्तजाम कर रहा हूँ।"

वे सज्जन कमरे से बाहर चले गए थे।

आधा घंटा के अन्दर ही डॉक्टर भी आ गए। उन्होंने मेरी जाँच करने के बाद नुस्खा लिख दिया और कहा कि रात को मैं सिर्फ मुर्गी का स्टू खाऊँ। मैंने डॉक्टर से पूछकर उनकी फीस दे दी। वह भी जयन्त बाबू ही देना चाहते थे लेकिन मैं राजी नहीं हुआ।

डॉक्टर के जाने के बाद जयन्त बाबू ने कहा, "यह नुस्खा मेरे पास ही है। दवाएँ मैं ला दे रहा हूँ और किचेन में भी बोल दूँगा ताकि रात में आपके लिए मुर्गी का स्टू बना दे।"

मैंने मना करते हुए कहा, "दवा आप क्यों ले आएँगे, मेरा ड्राइवर है न।"

उन सज्जन ने मेरी बात जैसे सुनी ही नहीं। मुझे लगा, बेवजह बहस करने से फायदा नहीं है, इसलिए उनकी सहृदय सहायता को स्वीकार कर

लिया और मन ही मन कहा—ये नहीं होते तो मैं सचमुच में मुसीबत में फँस जाता।

जयन्त बाबू ने दवा ला दी, मैंने एक टैबलेट खा ली। उन्होंने कहा, "मेरे बेटा-बेटी ठीक हैं, लिहाजा मैं बेफिक्र हूँ। मेरे पास कोई खास काम नहीं है, मैं यहीं बैठा हूँ। आप चुपचाप सोए रहिए। अगर नींद आती है तभी सोइए। मुझे लगता है कोलकाता से ही आपका शरीर बेसँभाल हो गया था।"

मैंने फिर विरोध करते हुए कहा, "आपके यहाँ रुकने का कोई प्रयोजन नहीं है। मैं अकेले ही थोड़ा सोने की कोशिश करता हूँ।"

"तो ठीक है। यहाँ रुकने के बजाय मैं एक घंटे बाद आकर एक बार देख जाऊँगा। दरवाजा अन्दर से बन्द मत कीजिएगा। यहाँ चोरों का कोई डर नहीं है।"

मैंने थोड़ा हँसकर कहा, "और मेरे पास भी धन-दौलत कुछ नहीं है।"

जयन्त बाबू चले गए। परोपकार करना सबको नहीं आता। अधिकांश लोग स्वार्थी होते हैं—कम से कम मेरी समझ तो यही कहती है। लेकिन जयन्त बाबू न सिर्फ परोपकारी हैं बल्कि जो कुछ भी करते हैं हँसते हुए करते हैं।

नींद नहीं आई। लगभग एक घंटे बाद जयन्त बाबू फिर आकर बोले, "जब जगे ही हैं तो झटपट खा लीजिए। आपका स्टू तैयार है—मैंने पता लगा लिया है। आपके डाइनिंग रूम में जाने का सवाल ही पैदा नहीं होता है, लिहाजा मैं बेयरे को बोल दे रहा हूँ आपके लिए कमरे में ही खाना ला देगा।"

मैं आखिरकार राजी हो गया।

रात में अच्छी नींद आई। सबेरे उठकर महसूस हुआ शरीर हल्का लग रहा है। इसका मतलब डॉक्टर की दवा का असर हुआ है।

मैंने बाथरूम में मुँह धोने के बाद दाढ़ी भी बनाई। देखा, कोई असुविधा नहीं हो रही है।

लगभग आठ बजे जयन्त बाबू आए।

देखते ही बोले, "वाह, कसम से फ्रेश लग रहे हैं। देखें तो टेम्प्रेचर कितना है।"

टेम्प्रेचर निकला 98.8। यानि कह सकते हैं कि बुखार नहीं है।

मैं जयन्त बाबू से एक बात कहे बिना नहीं रह पाया और वह मेरे दिल की गहराइयों से निकली बात थी। अपने दोनों हाथों से उनके दाएँ हाथ को दबाकर कहा, "आपने मेरे लिए जो किया उसका कर्ज नहीं उतारा जा सकता सचमुच, विपत्ति में आपके जैसा दोस्त नहीं मिलता तो क्या करता, नहीं जानता।"

"दोस्त कहकर बुलाया है तो 'आप' क्यों?"

जयन्त बाबू ने कहा। 'तुम' पर उतर आया जाए। असहजता का भाव बिलकुल ही खत्म हो जाए।

इतने थोड़े समय में आप से तुम पर उतरना शायद स्वाभाविक नहीं है लेकिन इस प्रस्ताव का मैं विरोध नहीं कर पाया। मैंने कहा, "ठीक है, तुम्हें यदि कोई आपत्ति नहीं है तो मुझे भी नहीं है। तुम ही चलेगा।"

"तो आज यहाँ बिताकर कल रवाना हुआ जाए, क्या कह रहे हो? आज सिंह-सदन में गाने-बजाने का कार्यक्रम है, वह शाम को देखा जा सकता है। मेरी लड़की वहाँ आने के लिए काफी जिद कर रही थी।"

मैंने कहा, "तथास्तु।"

दूसरे दिन सुबह ब्रेकफास्ट के बाद हम लोग निकल पड़े। तबीयत चंगी लग रही थी। बुखार का नामोनिशान नहीं था।

इस बार जयन्त को मारुति में बिठाकर हम लोग आगे बढ़े। पीछे-पीछे एम्बेसडर। रास्ते में तमाम बातें करते। रास्ते के किनारे उतरकर चाय की दुकान में चाय पीते, पांडुआ में उतरकर प्राचीन भग्नावशेषों की देखते यह दोस्ती और जम उठी। मन ही मन कहा, यह आदमी इतने दिनों तक कहाँ

था? आदमी आदमी में आश्चर्यजनक ढंग से परिचय हो जाता है। इसके साथ कोलकाता जाकर खूब मुलाकातें होंगी, सुख-दु:ख की बातें होंगी, दोनों शाम को बैठकर शतरंज की बाजी जमाएँगे, यह सोचकर ही मन खुशी से भर उठा।

कोलकाता पहुँचकर स्वाभाविक रूप से पहले जयन्त को न्यू अलीपुर में छोड़ा। "घर भी पहचान लिया अब तो पूरे परिवार को लेकर आऊँगा।" मैंने कहा।

घर लौटकर पत्नी मनोरमा को सारी घटना बताई, "अति मूल्यवान चीज पाई है। एक नया, खाँटी दोस्त।"

तीन दिन बाद उसकी चिट्ठी आई। जिस दिन शान्तिनिकेतन से लौटे उसी दिन की लिखी, लेकिन लोकल डाक महकमे की मेहरबानी से इसे पहुँचने में तीन दिन लगे। चिट्ठी का मजमून कुछ इस तरह था—

> अमिय भाई,
>
> पचीस साल बाद भी तुम्हें पहचानने में असुविधा नहीं हुई, लेकिन मेरी दाढ़ी की वजह से शायद तुम मुझे पहचान नहीं पाए। मैंने अपना असली नाम भी तुम्हें नहीं बताया, यही नहीं और भी कई झूठ बोले क्योंकि मेरा असली परिचय जानने के बाद तू मुझसे दोस्ती नहीं करता और उसके साथ ही मेरा प्रायश्चित भी अधूरा रह जाता। मैं हूँ तेरे स्कूल का सहपाठी कौशिक मित्र, घर का नाम रेण्टू। निश्चित रूप से तुझे याद दिलाने की जरूरत नहीं है कि तेरे साथ मेरा साँप और नेवले का रिश्ता था। तू था क्लास का अच्छा लड़का, और मैं था सबसे बड़ा शैतान। तेरे पीछे कितने दिन तक कितने तरह के षड्यंत्र किए, वह सब सोचकर हैरानी हो रही है। उन दिनों की बातें याद करके तेरे मन में कोई कड़वाहट

रह गई हो तो उम्मीद है कि इन दो दिनों की दोस्ती में वह घुल गई होगी। याद रखना, हम लोग दोनों अब बिलकुल जुदा शख्सियतें हैं, स्कूल तो बीते दिनों की कहानी है। यह नया सम्पर्क ही असली है, पुराने का कोई मतलब नहीं है।

इति तुम्हारा दोस्त

रेण्टू

पुनश्च : 'तुम' से 'तू' पर उतरने पर कोई आपत्ति तो नहीं है?

मैंने चिट्ठी का फौरन जवाब दिया—

रेण्टू भाई,

तेरी चिट्ठी पाकर बहुत खुश हुआ। अगले रविवार शाम को मैं तेरे घर आ रहा हूँ। तब बातें होंगी।

इति तुम्हारा दोस्त

अमू

कहानी

जोड़ी

"आज मैं एक फिल्मस्टार की कहानी सुनाने जा रहा हूँ," चाय की चुस्की लेते हुए तारिणी चाचा बोले।

"वे कौन हैं? उनका नाम क्या है?" हम लोग समवेत स्वर में चिल्ला पड़े।

"उनका नाम तुम लोगों ने नहीं सुना है", तारिणी चाचा ने कहा। "वे जब रिटायर हुए तब तुम लोग अभी पैदा ही हुए थे।"

"फिर भी आप नाम तो बताइए ना," खुर्दबीन बन्दा नेपाल बोला। "आजकल टेलीविजन पर पुराने फिल्मस्टारों की फिल्में हम लोग देखते हैं।"

"उनका नाम था रतनलाल रक्षित।"

"जानता हूँ, जानता हूँ," विद्वान की तरह नेपाल बोल उठा। "लगभग तीन महीने पहले टीवी पर 'जय-पराजय' नाम की एक फिल्म दिखाई गई थी, उसमें हीरो के पिता का रोल किया था रतन रक्षित ने।"

"ये तो अच्छा हुआ," तारिणी चाचा ने कहा। "उनको फिल्मों के देखे रहने से कहानी और जमेगी।"

"क्या ये भी भूत की कहानी है?" नेपाल ने पूछा।

"नहीं, भूत नहीं। हालाँकि भूत का मतलब सिर्फ प्रेतात्मा नहीं होता है, भूत के और माने भी हैं। एक अर्थ हुआ अतीत, अर्थात जो हो चुका है। भविष्य का उलटा। इस मायने में इसे भूत की कह सकते हो।"

"ठीक है, तो शुरू किया जाए।"

तकिया को गोद में खींचकर तारिणी चाचा ने अपनी कहानी शुरू की–

रतन रक्षित 1970 में रिटायर हुए 70 साल की उम्र में। अचानक तबीयत इतनी ज्यादा खराब हुई कि डॉक्टरों ने कम्प्लीट बेड रेस्ट का नुस्खा बता दिया। इससे पहले लगातार पैंतालीस साल तक रक्षित महाशय अभिनय करते रहे। इसका मतलब साइलेंट युग से फिल्मों में अभिनय से उन्होंने अकूत धन कमाया था और उस पैसे का कैसे सदुपयोग किया जाता है, यह भी जानते थे। कोलकाता में उनके तीन मकान थे। खुद एमहर्स्ट स्ट्रीट में रहते थे, बाकी दोनों मकान किराये पर चढ़ा दिए थे।

इसी रतन रक्षित ने अखबार में विज्ञापन दिया कि उन्हें एक सेक्रेटरी चाहिए। मैं तब कोलकाता में ही था, तब मेरी उम्र पचास के करीब होगी। पूरी जिन्दगी इधर-उधर की खाक छानकर तरह-तरह के काम-धन्धे में किस्मत आजमाने के बाद सोच ही रहा था कि अब घर का लड़का घर लौट आया है तो यहीं सेटल किया जाए, ऐसे में उस विज्ञापन पर नजर पड़ी। मैंने फौरन अप्लाई कर दिया। रतन रक्षित के नाम से तो पर्याप्त परिचय था, उनकी फिल्में भी खुद देखी थीं। इसके अलावा मेरा सिनेमा के प्रति एक स्वाभाविक आकर्षण है, यह भी तुम लोग जानते हो।

सात दिन के भीतर ही मेरी अर्जी का जवाब भी आ गया। मुझे इंटरव्यू के लिए बुलाया गया था।

मैं जाकर रक्षित महाशय के घर हाजिर हो गया।

मुझे मालूम था कि उन सज्जन की तबीयत खराब है लेकिन चेहरा देखकर ये जानने का कोई उपाय नहीं था। काफी चुस्त त्वचा, झकझक सफेद दाँत भी ओरिजनल ही लग रहे थे।

पहले ही मुझसे पूछा कि मैंने उनकी फिल्में देखी हैं कि नहीं। मैंने कहा, बाद की फिल्में तो देखी ही हैं, शुरू की कुछ साइलेंट फिल्मों का भी आनन्द लिया है जब रक्षित महाशय कॉमिक फिल्में करते थे।

देखा कि जवाब सुनकर वे सज्जन खुश हुए। उन्होंने कहा, "मैं पिछले कुछ साल से अपनी साइलेंट फिल्मों का संग्रह कर रहा हूँ। मेरे इस घर में एक अलग कमरा है जहाँ इन फिल्मों को देखने के लिए प्रोजेक्टर लगवाया है एवं उस प्रोजेक्टर को चलाने के लिए एक आदमी भी रखा है। साइलेंट फिल्में आजकल प्राय: नहीं मिलती हैं। जानते हैं न, फिल्म के गोदाम में दो बार आगजनी की घटना होने की वजह से बांग्ला की प्राय: सारी साइलेंट फिल्में जलकर खाक हो गईं, नतीजतन, अब वे सभी फिल्में दुर्लभ हैं। लेकिन मैंने हिम्मत नहीं हारी है। मैंने अखबारों में इश्तिहार दिए। इससे पता चला कि मेरी साइलेंट फिल्में भी मीरचन्दानी नाम के मेरे एक प्रोड्यूसर के गोदाम में सहेजकर रखी हैं। इसकी और कोई वजह नहीं है, दरअसल मीरचन्दानी मेरे सिर्फ प्रोड्यूसर नहीं थे, बल्कि मेरे 'फैन' भी थे। करीब चार साल पहले मीरचन्दानी चल बसे; उनके बेटे को बोलकर मैंने वे फिल्में खरीद लीं। इस तरह अखबारों में बार-बार विज्ञापन देकर मैंने अपना संग्रह तैयार किया। बीमारी की वजह से मुझे भले ही फिल्मों से रिटायर होना पड़ा है लेकिन फिल्मी दुनिया से खुद को दूर रखना नामुमकिन है। कसम से, इन्हीं पुरानी फिल्मों को देखकर मेरी शामें गुजर जाती हैं। आपका काम होगा मेरी इस फिल्म-लाइब्रेरी की देखभाल करना, फिल्मों का एक कैटलॉग बनाना और

मेरे संग्रह में जो फिल्में नहीं हैं उन्हें ढूँढ़कर बाहर निकालना। कर पाएँगे न?"

मैंने कहा, प्रयास में कोई कमी नहीं होगी। जो फिल्में हैं, उनका कैटलॉग बनाकर उन्हें सँभालना मुश्किल काम नहीं है; जो फिल्में नहीं हैं, उन्हें खोजना निश्चित ही आसान काम नहीं है। रक्षित बोले, "मैं सिर्फ साइलेंट फिल्मों की ही बात नहीं कर रहा हूँ बल्कि शुरू की कुछ टॉकी फिल्में भी मेरे संग्रह में नहीं हैं। मुझे लगता है कि धरमतला मुहल्ले में प्रायोजक-परिवेशकों के ऑफिस की खाक छानने से वे फिल्में निश्चित रूप से मिल जाएँगी। मोटी-सी बात है कि मेरे संग्रह में कोई कमी नहीं होनी चाहिए। इन्हीं फिल्मों को देखकर मैं बुढ़ापे में आमोद-प्रमोद करूँगा।"

नौकरी मिल गई। अद्भुत आदमी। पन्द्रह साल हुए उनकी पत्नी को गुजरे हुए। दो बेटे हैं, दोनों ही दक्षिण कोलकाता में रहते हैं। एक लड़की इलाहाबाद में रहती है। उसके पति वहाँ डॉक्टर हैं। नाती-पोते बीच-बीच में आते हैं दादा को देखने; बच्चे भी नहीं आते हैं, ऐसा नहीं है लेकिन कहा जा सकता है कि फैमिली से उस तरह का सम्पर्क नहीं है। घर में दो नौकर हैं, एक खाना बनाने के लिए और एक खास बेयरा, नाम है लक्ष्मीकान्त। लक्ष्मीकान्त बंगाली हैं, उम्र साठ साल से ऊपर और काफी विनम्र। ऐसा बेयरा मिलना किस्मत की बात है।

इसी लक्ष्मीकान्त की मदद से मैंने करीब दस दिन में रक्षित महाशय के संग्रह का एक कैटलॉग तैयार कर दिया। इसके अलावा उन्होंने टॉकी युग के शुरुआती दिनों की जिन फिल्मों में काम किया था, धरमतल्ल में घूम-फिरकर उनमें से कई का अता-पता भी जुगाड़ कर दिया। रक्षित महाशय ने अनेक फिल्मों के एक-एक प्रिंट खरीदकर अपनी लाइब्रेरी में रख दिए।

मेरी नौकरी दस बजे से पाँच बजे तक की थी, किन्तु बीच-बीच में शामें भी रक्षित महाशय के साथ गुजरती थीं। साढ़े छह बजे वे फिल्म देखने बैठते थे; और उठते थे साढ़े आठ बजे। प्रोजेक्शनिस्ट का नाम था आशु बाबू, उम्र पचास-पचपन, काम करते कभी थकते नहीं थे। दर्शक

होते थे सिर्फ तीन लोग—रक्षित महाशय, बेयरा लक्ष्मीकान्त और मैं। बेयरा को रुकना पड़ता था क्योंकि बाबू साहब लगातार हुक्का पीते थे, उस हुक्के को बार-बार बदलना पड़ता था। लेकिन लक्ष्मीकान्त फिल्मों का भी मजा लेता है, यह मैं अँधेरे में भी उसके चेहरे पर पढ़ सकता था।

सबसे ज्यादा मजा तब आता जब साइलेंट युग की फिल्में दिखाई जातीं। पहले ही बता चुका हूँ कि रतन रक्षित उस समय हास्य फिल्में करते थे। इन सब फिल्मों के बीच कई ऐसी थीं जिन्हें कहते हैं शॉर्ट फिल्म। दो रील की फिल्म, बीस मिनट की। इन फिल्मों में लॉरेल-हार्डी की तरह एक जोड़ी के कारनामे दिखाए जाते थे। फिल्म में उनका नाम था बिशू और शिबू। बिशू का बाना धरते थे रतन रक्षित और शिबू का रोल करते थे शरत कुंडू नाम के एक अभिनेता। दो कॉमेडी कलाकारों की हुल्लड़बाजी देखते-देखते कब बीस मिनट बीत जाते थे, पता ही नहीं चलता। कभी वे कारोबारी, कभी जुआरी, कभी सर्कस के क्लाउन, कभी जमींदार और चापलूस—इसी तरह की और क्या? मुझे याद है, कुंडू-रक्षित की ये जोड़ी तब काफी पॉपुलर हुई थी। बड़ी फिल्मों से पहले बीस मिनट की ये शॉर्ट फिल्में दिखाई जाती थीं।

इन फिल्मों के चलते समय देखने की चीज होती थी रक्षित महाशय के हावभाव। अपनी भाँडगीरी देखकर वे हँसते-हँसते लोटपोट हो जाते। कोई कॉमिक अभिनेता खुद का अभिनय देखकर इतना हँस सकता है, यह यकीन करना मुश्किल है। उनकी देखा-देखी हालाँकि मुझे भी हँसना पड़ता था। रक्षित महाशय कहते थे, "जानते हो तारिणी, जब इन फिल्मों में काम किया, तब इन्हें देखकर इतनी हँसी नहीं आई बल्कि निर्लज्ज भाँडगीरी देखकर विरक्ति होती थी। लेकिन इतने दिनों बाद देख रहा हूँ इसके अन्दर एक निर्मल हास्यरस है जो आज की फिल्मों की तुलना में बहुत अच्छा है।"

एक सवाल कुछ दिन से दिमाग को मथ रहा था, एक दिन रक्षित

महाशय से वह पूछ बैठा। मैंने कहा, "एक मामले में मुझे कुतूहल हो रहा है; आप तो बिशू का बाना धरते थे, लेकिन शिबू का रोल करनेवाले शरत कुंडू का क्या हुआ? उनके साथ आपका कोई सम्पर्क नहीं है?"

रक्षित महाशय ने सिर हिलाते हुए कहा, "जहाँ तक मुझे मालूम है, शरत कुंडू ने साइलेंट युग के बाद फिर फिल्मों में काम नहीं किया। जब हम साथ काम करते थे तब हमारे बीच पर्याप्त स्नेह था। सोच-सोचकर दोनों भाँडगीरी के नए-नए कारनामे खोजते। जो डाइरेक्टर थे वे सिर्फ नाम के वास्ते। फिल्म का माल-मसाला हम लोग ही जुगाड़ करते थे। इसके बाद एक दिन अखबार में देखा, हॉलीवुड की फिल्मों में आवाज जुड़ रही है, अभिनेता-अभिनेत्री अब जो बोलेंगे, दर्शक उसे सुन सकेंगे। यह वर्ष 1928 या 29 की बात है। जो भी हो, हॉलीवुड में टॉकी आ गई। हम लोगों के यहाँ तक पहुँचने में और तीन-चार साल लगे। वे अफरा-तफरी के दिन थे। सिनेमा का चेहरा पूरी तरह बदल गया। उसके साथ अभिनय का तरीका भी। मुझे एक युग से दूसरे में जाने में कोई असुविधा नहीं हुई। गले के सुर अच्छे थे, इसलिए टॉकी मेरा कुछ नहीं बिगाड़ पाई। तब मेरी उम्र तीस-बत्तीस साल थी। बांग्ला फिल्मों में सुरीले हीरो की दरकार थी। उस हीरो की भूमिका में मैं अनायास ही फिट हो गया। बीस मिनट का नायक। लेकिन उसी समय से शरत कुंडू न जाने कहाँ खो गया। जहाँ तक याद है, उसके बारे में एक-दो लोगों से पूछा भी था, लेकिन कोई सही जवाब नहीं दे सका। कौन जाने उस आदमी की अकाल मृत्यु हो गई हो।"

यदि यह सही है तो तलाश करने के कोई मायने नहीं हैं। लेकिन मेरे मन में एक खटका रह गया। तय किया कि शरत कुंडू की खोजबीन जारी रखनी होगी। सच बताऊँ तो बीस मिनट की फिल्में देखकर एक चीज समझ में आ रही थी कि कॉमिक अभिनेता के रूप में रतन रक्षित से किसी मामले में कम नहीं थे शरत कुंडू।

टॉलीगंज मुहल्ले में घूम-फिरकर पता लगा कि नरेश सान्याल नाम के

एक सज्जन बांग्ला फिल्मों के आदि युग पर रिसर्च कर रहे हैं। एक प्रामाणिक किताब लिखने की इच्छा है। उन सज्जन के ठिकाने का भी जुगाड़ हो गया। इसके बाद एक रविवार को सवेरे उनके घर जाकर हाजिर हो गया। उन्होंने बताया कि हाँ, शरत कुंडू के बारे में उन्हें कुछ तथ्य मालूम हैं। करीब पाँच साल पहले एक बार काफी खोजने के बाद उनके घर पहुँचकर सान्याल महाशय ने शरत कुंडू का एक साक्षात्कार लिया था।

"वह घर कहाँ है?" मैंने पूछा।

"गोयाबागान की एक बस्ती में," सान्याल महाशय बोले। "उनकी हालत तब काफी खराब थी।"

मैंने पूछा, "आप साइलेंट युग के अभिनेताओं का साक्षात्कार कर रहे हैं क्या?"

"बहुत तो जिन्दा ही नहीं हैं," सान्याल महाशय ने कहा। "जो कुछ हैं उनका लेने की कोशिश कर रहा हूँ।"

मैंने रतन रक्षित की बात बता दी और कह दिया कि मैं उनके साक्षात्कार का इन्तजाम कर सकता हूँ। उन सज्जन ने इसपर काफी उत्साह दिखाया।

इसके बाद मैं बुनियादी सवाल पर लौट गया। "टॉकी आने के बाद क्या शरत कुंडू ने फिर फिल्मों में अभिनय नहीं किया?"

"जी नहीं," नरेश सान्याल बोले। "उन सज्जन को वॉयस टेस्ट में ही छाँट दिया गया। उसके बाद उन्होंने क्या किया इस बारे में खुलकर कुछ नहीं बताया। ऐसा लगा कि खूब स्ट्रगल किया है, इसलिए अपने बारे में ज्यादा बात नहीं करना चाहते। हालाँकि साइलेंट युग के बारे में उनसे काफी जानकारी मिली है।"

इसके बाद टॉलीगंज मुहल्ले के और कई पुराने कर्मियों के साथ बातचीत से मालूम हुआ कि टॉकी आने के कई साल बाद तक भी शरत कुंडू सिनेमा पाड़ा में नियमित आते-जाते रहे। उस समय उनकी हालत काफी खराब थी। टॉलीगंज की ही मायापुरी स्टूडियो के मैनेजर धीरेश चन्द्र से पता

चला कि शरत कुंडू शायद बीच-बीच में 'एक्सट्रा' की भूमिका करके पाँच-दस रुपये कमा लेते थे। इन सब रोल में अभिनेता भीड़ का हिस्सा बन जाते हैं; उसे बात करने की जरूरत नहीं पड़ती है।

इस मायापुरी स्टूडियो में ही द्वारिक चक्रवर्ती नाम के एक बूढ़े प्रोडक्शन मैनेजर ने मुझे बताया, "बेनटिंग स्ट्रीट के नटराज केबिन में जाकर पता कीजिए। कई साल पहले तक वहाँ मैंने शरत कुंडू को देखा है।"

शरत कुंडू को अँधेरे से खींचकर बाहर निकालने के लिए नटराज केबिन में भी जाकर हाजिर हुआ। इस बीच—ये बताना भूल गया—गोयाबागान बस्ती में जाकर पता चला कि शरत कुंडू अब वहाँ नहीं रहते। ये भी बताना जरूरी है कि मेरे उत्साह के साथ कदमताल मिलाकर चल रहे थे रक्षित महाशय। उन दोनों के बीच कितना सौहार्द था, रक्षित महाशय को अब याद आ रहा था। जवानी की यादें और दोनों तब काफी मशहूर थे। और दोनों लोग असली फिल्म के बारे में सोचते ही नहीं थे, फिल्म से पहले बिशू-शिबू के दो रील के कारनामे ही उनके लिए असल चीज थी। उस जोड़ी में एक है और एक गायब। ऐसे कैसे चलेगा?

नटराज केबिन के मालिक पुलिन दत्त से पूछने पर उन्होंने बताया, "शरतदा तीन साल पहले तक तो यहाँ रेगुलरली आते थे। उसके बाद फिर नहीं आए।"

"वे क्या कोई काम-वाम करते थे?"

"यह बात उनसे कई बार पूछी," पुलिन दत्त बोले, "लेकिन कभी कोई सीधा जवाब नहीं मिला। सिर्फ यही कहते थे, पेट के लिए ऐसा कोई काम नहीं है जो मैंने नहीं किया।' लेकिन अभिनय छोड़ दिया था, इतना मैं जानता हूँ, और इसके साथ ही फिल्में देखनी भी बन्द कर दी थीं। टॉकी ही उनका काल बनी थी, इस बात को वे शायद भूल नहीं पाए।"

इसके बाद करीब एक महीने तक और कई जगहों की खाक छानने के बावजूद शरत कुंडू का पता नहीं चला। वह आदमी जैसे हवा में मिल गया था। यह बात रक्षित महाशय को बताई तो वे सचमुच में मर्माहत हुए। उन्होंने कहा, "ऐसे एक गुणी अभिनेता, टॉकी ने आकर उनकी मिट्टी पलीद कर दी और समय के साथ वे लोगों के मन से भी मिट गए। अब उन्हें कौन पहचाने? वे तो जिन्दा होकर भी मृत समान हैं।"

शरत कुंडू के मामले में अब कुछ करने को नहीं है, इसलिए मैं काम की बात पर आ गया। उनसे एक सवाल पूछना था। मैं बोला, "आपको एक साक्षात्कार देने में कोई एतराज तो नहीं है?"

"किसे चाहिए साक्षात्कार?"

मैंने नरेश सान्याल की बात बता दी। उन्होंने उसी दिन सवेरे फोन किया था, अगले दिन आना चाहते हैं।

"ठीक है, सवेरे दस बजे आ जाएँ। लेकिन ज्यादा समय नहीं लगना चाहिए।"

नरेश सान्याल ने फोन नम्बर दिया था, मैंने उन्हें खबर दे दी।

उस दिन शाम को प्रोजेक्शन रूम में रह गया बिशू-शिबू के कारनामे देखने के लिए। बिशू-शिबू की कुल बयालीस फिल्में बनी थीं। उनमें से सैंतीस का पहले ही जुगाड़ हो गया था, बाकी पाँच मेरी कोशिशों से मिल गईं। आज इन्हीं पाँच नई फिल्मों को देखते-देखते फिर महसूस हुआ कि शरत कुंडू सचमुच में काफी जोरदार कॉमेडी अभिनेता थे। रक्षित महाशय को एक-दो बार च्च-च्च करते सुना, इससे समझा कि वे शरत कुंडू के गायब होने पर दु:ख जता रहे हैं।

दूसरे दिन सुबह मेरे आने के दस मिनट के भीतर ही नरेश सान्याल भी आ पहुँचे। रक्षित महाशय तो तैयार ही थे; बोले, "पहले चाय पी जाए, फिर इंटरव्यू होगा।" सान्याल महाशय ने कोई आपत्ति नहीं की।

सुबह दस बजे रोज रक्षित महाशय चाय पीते और मैं भी उनका साथ

देता। इसी मौके पर हम लोगों को जो कुछ भी विचार करना होता था, करते थे, उसके बाद मैं अपने काम में जुट जाता था और वे आराम करने चले जाते थे। कैटलॉगिंग के बाद मैं जो काम कर रहा था वह था बिशू-शिबू की हर फिल्म का सारांश तैयार करना और उसमें किसने अभिनय किया है, परिचालक कौन हैं, कैमरामैन कौन हैं—इन सबकी एक तालिका तैयार करना। इसे कहते हैं फिल्मोग्राफी।

खैर, आज मेहमान आए हैं, इसलिए देखता हूँ कि चाय के साथ कचौड़ी भी है। ट्रे सहित चाय टेबल पर रखते ही सान्याल महाशय अचानक बातचीत के बीच में रास्ता भूलकर चुप हो गए। उनकी नजर नौकर पर थी। नौकर स्वयं खास बेयरा लक्ष्मीकान्त।

मेरी नजर भी लक्ष्मीकान्त की ओर चली गई और उसके साथ ही रक्षित महाशय की भी। यही नाक, यही ठुड्डी, यही चौड़ा ललाट, आँखों की यही चाहत—इसे कहाँ देखा है? इतने दिन तक तो इसके चेहरे की ओर ठीक से देखा ही नहीं। क्यों देखता? बेवजह कोई बेयरा को क्यों देखेगा?

लगभग तीनों के मुँह से एक साथ निकला एक नाम—'शरत कुंडू!'

हाँ, कोई शक नहीं, शरत कुंडू ही अब अपने एक समय के फिल्म की जोड़ी रतन रक्षित के खास बेयरा हैं।

"क्या मामला है शरत?" इस बार चिल्ला उठे रतन रक्षित। "तुम मेरे घर में—?"

शरत कुंडू के मुँह से बोल फूटने में समय लगा।

"और क्या करता," आखिर माथे से पसीना पोंछते हुए वे जनाब बोले, ये तो इन्होंने पहचान लिया तो तुमलोगों को पता चला; इतने दिन तक तो नहीं जान पाए! और चालीस साल बाद देखकर भला कैसे पहचानोगे!—एक दिन मीरचन्दानी के यहाँ नौकरी की तलाश में पहुँचा तो मालूम हुआ कि तुम आकर हम लोगों के पुराने दिनों की फिल्मों के कई प्रिंट अपने संग्रह के लिए खरीद कर ले गए हो। सोचा तुम्हारे पास आकर निश्चित रूप से उन

फिल्मों को दोबारा देख पाऊँगा। ऐसे तो देखने का सुअवसर नहीं मिलता, वे फिल्में अब भी बची हुई हैं मैं यही नहीं जानता था। सो, बेयरा की नौकरी के लिए तुम्हारे पास आ गया। तुमने मुझे पहचाना भी नही और नौकरी भी मिल गई। कुलीगीरी की है, बेयरा की नौकरी तो उसके आगे स्वर्ग है। और यहाँ अच्छा भी लग रहा था। उस युग की फिल्मों में बिना बोले अभिनय किया, इसमें तो बुराई की कोई बात नहीं है। हालाँकि अब तो उन फिल्मों को देखने का अवसर शायद बन्द हो गया।"

"क्यों, बन्द क्यों होगा?"

रक्षित महाशय कुर्सी छोड़कर खड़े हो गए। तुम अब से मेरे मैनेजर हो! तारिणी के साथ एक कमरे में तुम बैठोगे; मेरे ही यहाँ रहोगे, शाम को एक साथ बैठकर फिल्म देखेंगे हम लोग। बदकिस्मती से पुराने जमाने की जो जोड़ी टूट गई थी, अब फिर जुड़ गई। क्या कहते हो तारिणी?"

मैं नरेश सान्याल की ओर देख रहा था। उसके जैसा हतप्रभ भाव मैंने बहुत दिनों से किसी के चेहरे पर नहीं देखा था। तब उसके लिए मूक युग की इस मशहूर जोड़ी का पुनर्मिलन एक बड़ी खबरिया दाँव है, इसमें कोई शक था क्या?

❑❑❑